장부 달고 밥 먹는 아이들

책 읽기를 좋아했던 어린아이는 꿈꾸었습니다.
언젠가는 사람들의 마음을 맑게 하는
글을 쓰고 싶다고요.

장부 달고
밥 먹는 아이들

글 | 김경숙 · 그림 | 박누리

정출판

인생이란 오래 달리기를 하고 있습니다.
결승선에 도달하려면 얼마의 시간이 필요한지 알 수 없습니다.
고개를 돌려 사람들이 살아가는 모습을 바라봅니다.
자신들만의 삶의 방식으로 묵묵히 달리고 있습니다.

딸로 아내로 엄마로 직장인으로 살다가
지친 몸으로 뒤를 돌아보았습니다.

거기 한 꼬마가 서 있었습니다.
책 읽기를 좋아했던 어린아이는 꿈꾸었습니다.
언젠가는 사람들의 마음을 맑게 하는 글을 쓰고 싶다고요.

살포시 어릴 적 꿈을 꺼내 펴 보았습니다.
그리고 나 자신이 주인공이 되어 쏟아낸 독백을
글로 쓰는 용기를 내보았습니다.

삶은, 그냥 무조건 앞만 보고 달리는 게 아니란 것도 알았습니다.
여유라는 물 한 모금 마시며
나의 삶을 누릴 때 행복을 느낄 수 있다는 걸 알았습니다.

한 권의 책을 엮을 수 있게 격려해주시고 응원의 박수를 보내주신
수필가 김홍은 충북대학교 명예교수님께 진심으로 감사드립니다.

그리고 늘 바쁘다고 투정만 부린 나를 이해해주고 위로해주는
사랑하는 가족에게 고맙다는 말 전합니다.

답을 찾을 수 없는 바이러스로 모두가 힘든 나날.
저의 글로 조금의 위안이 되길 바라는 작은 소망을 담아봅니다.

2020. 겨울
세정世淨 김 경 숙

이야기_ 차례

첫 번째 이야기

두 번째 이야기

세 번째 이야기

네 번째 이야기

다섯 번째 이야기

여섯 번째 이야기

흰 눈이 펄펄 내리는 겨울날에 아이들이 달콤한 홍시를 하나씩 꺼내 먹으면서 엄마의 사랑을 느껴주길 바라는 마음이다. 감나무에 달린 감을 보고 아버지를 그리워하듯 아이들에게도 오래도록 엄마를 기억하는 동기를 만들어주고 싶었다.

첫 번째 이야기

어머니

영하의 매서운 날씨가 연일 지속되고 있다. 추운 날씨에 꽁꽁 동여매고 출근 준비하는 아침에, 어머니께서 전화를 하셨다. "잘 지내고 있니, 얼굴도 잊어버리겠다. 한번 들려라"라고 말씀하시는 어머니의 목소리엔 연락도 않는 딸에 대한 서운함과 그리움이 함께 묻어있다. 바쁘다는 핑계로 어머니를 자주 찾아뵙지 못한 미안함에 몸이 더 움츠러드는 아침이다.

어머니 목소리가 온종일 귓가를 맴돌았다. 퇴근하자마자 어머니께 들렀다. 어머니는 간단한 찬거리로 혼자 식사를 하시려던 참이었다. 갑자기 방문한 딸이 무척이나 반가우신가 보다. "혼자 먹기 싫었는데 잘 왔다."라고 하시며 금세 내가 좋아하는 된장찌개를 보글보글 끓여 오셨다. 모처럼 어머니의 손맛이 듬뿍 담긴 음식으로 배를 불렸다. 포만감으로 슬슬 졸음까지 밀려든다. 먹은 것을 정리하려 일어나니, 피곤할 텐데 가만히 앉아 있으라고 손사래를 치신다. 어머니에게 난, 아직도 철부지

어린애인가보다. "너 같은 딸 하나 키워 봐라."라고 하시던 말씀이 무슨 의미인지 아이들을 키우면서 조금은 알 듯하다. 어머니의 마음은 자식에게 모든 것을 주기만 하는 끝없는 내리사랑이란 것을.

주방 가운데 정성스레 정화수井華水가 놓여있는 것을 보았다. 아주 오래전부터 눈에 익은 사발이다. 어머니는 아침마다 일찍 일어나 몸단장을 하시고 우물로 가셨다. 우물에 떠 있는 티끌을 호호 불어 맑은 물을 그릇에 담아 부뚜막과 장독대에 올려놓으신 후 치성을 올렸다. 그렇게 자식들의 무탈함과 행복을 간절히 비셨으리라. 잠시 옛 생각에 잠기다가, 올해 해맞이 다녀온 일이 떠오른다. 지금껏 한 번도 가보지 않았던 처음 맞는 '해맞이'였다.

새해 첫날, 부푼 마음을 갖고 대청호로 향했었다. 태양이 솟아오르기를 기다리며 소망을 기원하는 사람들의 모습은 환희에 차 있었다. 마치 분만실 밖에서 아이의 탄생을 애타게 기다리다, "으앙~" 하는 첫 울음소리에 환호하는 가족의 표정과도 같았다. 이른 새벽, 해맞이 인파는 추위에 발을 동동 구르면서도 일출의 순간을 놓칠세라 자리를 굳건히 지키고 있었다. 그 무리 속에 나도 서 있었다. 힘찬 기운을 내뿜고 우뚝 일어선 둥근

해는 수많은 사람의 간절한 마음을 아는 듯, 환한 빛을 쏟아냈다. 여기저기서 터져 나오는 함성도 잠시, 두 손 모아 기도하는 사람들의 모습에선 엄숙함이 흘러나왔다. 올해, 아들은 또래들보다 늦은 나이에 입대를 한다. 건강하고 늠름한 사나이로 앞으로의 삶을 진중하게 펼쳐나가는 계기가 되었으면 하는 바람이다. 딸아이는 좀 더 폭넓은 공부를 위해 유학을 계획 중이다. 우리 가족의 꿈과 희망을 싣고 항해의 돛을 올린 2018호가 무사히 정착할 수 있기를 기원하며 나도 합장을 했다. 자식을 위해 기도하는 자신을 바라보며, 부뚜막과 장독대에 정화수 올려놓고 하루도 빠짐없이 정성을 들이시던 어머니의 모습을 떠올렸었다. 한두 명도 아닌 일곱 자식을 위해 늘 가슴 졸이시던 어머니!

"얘야, 무슨 생각을 그렇게 하니? 군고구마 먹어라." 하시는 어머니의 말씀에 정신이 퍼뜩 든다. 늘 자식 걱정만 하시고 맛있는 건 자식 입에 넣어주고 싶은 어머니! 어느새 바리바리 보따리를 싸 놓으셨다. 깨강정, 먹기 쉽게 찧은 마늘, 상큼한 겉절이, 고구마 등. 여섯 보따리가 열 손가락 깨물어 안 아픈 손가락이 없다는 것을 대변이라도 하듯 가지런히 놓여 있다. 자식 걱정만 하며 살게 아니라, 어머니께 자주 연락드리고 얼굴 보여 드려야지 다짐을 해본다. 어머니는 오늘도 정화수 앞에 서서 자식의 행복을 빌었겠지.

　아홉 식구가 따뜻한 아랫목에 발을 넣고 이야기꽃을 피우던 모습이, 집으로 돌아오는 내내 영화의 한 장면처럼 겹쳐진다. 어머니의 큰 사랑이 가슴을 포근하게 덮어와 추위를 잊게 한다.

자싯물통

퇴근하여 돌아오면 발길은 시곗바늘 가듯 저절로 주방으로 향한다. 식탁과 개수대 위, 여기저기 그릇들이 놓여 있다. 위엄을 나타내듯 딱딱하게 굳은 남편 밥그릇의 밥풀들이 손끝을 아프게 한다. 아들의 밥그릇은 비벼 먹고 남은 흔적들이 자유분방한 성격을 대변하고 있다. 딸의 밥그릇은 엄마를 위로하는 다정한 말을 삼키고 있듯이 자싯물통 속에 잠겨 물끄러미 나를 바라보고 있다. 문득, 더운물도 나오지 않던 시절에 고무장갑도 끼지 않고 차가운 물로 그릇을 닦던 어머니의 손이 떠오른다. 이맘때면 어머니의 손등은 쩍쩍 갈라진 논바닥 같았고 손가락 마디마디가 퉁퉁 부어 있었다. 밥 먹고 나면 그릇을 부뚜막에 살짝 갖다 놓기만 했던 철부지였던 내가 부끄럽다. 그래도 나를 위한다고 그릇을 물에 담가 둔 딸이 사랑스럽다.

어느 비 오는 날, 딸아이는 손에 우산을 들고 있으면서도 비를 흠뻑 맞고 왔다. 폐지를 실은 손수레를 끌고 절룩거리며 걸어가는 할머니를 보고 그냥 지나칠 수가 없었단다. 우비도 입지 않은 할머니는 비에 젖은 종이로 무거워진 손수레 때문에 금방이라도 쓰러질 것만 같았단다. 비록 옷은 다 젖었어도 할머니를 도와드렸다는 뿌듯함으로 딸은 방실방실 웃었다.

타인을 배려하는 사람의 행동은 뭔가 다르다고 생각했던 적이 있다. 사무실에서 일회용 종이컵 사용을 줄이려고 컵을 비치해 놓았었다. 대부분 직원은 자신만의 컵을 갖다 놓고 사용했으나, 손님이 방문할 땐 비치해 놓은 머그잔으로 차茶 대접을 해야 했다. 손님이 돌아간 후 다용도실의 모습은 찻잔을 사용한 직원의 마음을 닮아있었다. 차가 남은 상태로 있기도 하고, 차 색으로 물든 잔이 누군가 씻겨주길 바라며 널브러져 있기도 했다. 가끔은, 깨끗하게 씻어진 자태로 빛을 발하기도 했다. 우연의 일치일까? 찻잔을 윤기가 나도록 씻어 놓은 직원의 서류함을 보면 찾기도 편하고 보기도 좋게 정리가 잘 되어있다. 일도 적극적이고 신속하다. 반면에 그렇지 않은 직원의 서류함은 왠지 산만하다. 정돈되지 않은 서류들이 주인의 복잡한 심경을 표현하는 걸까? 문서를 찾는데 시간도 오래 걸리고, 일 처리도 느려져 자신도 답답함을 호소한다. 그 모습을 보는 직원들은 자신의 업무로 도와줄 수도 없다. 그저 안타까울 뿐이다. '하나를 보면 열을 안다.'라는 속담은 이를 두고 한 말이 아닌가.

누군가를 위하는 마음은 일상 속에서 습관처럼 행하는 몸짓 하나하나에서 배어 나온다. 그것이 그 사람의 인성이다. 나를 보고 사람들은 차갑다고 말한다. 어릴 적 자신밖에 모르던 속 좁은 몸짓들이 쌓여 나의 성품이 만들어졌고, 밖으로 표출되는 표정과 행동거지에서 나를 읽고 있다. '인성은 교육하는 것이 아니라 훈련하는 것.'이라는 글을 읽은 적이 있다. 그만큼 올바른 행동이 몸에 딱 달라붙어 습관화될 때, 사람의 됨됨이도 변화를 가져온다는 말이 아닐까. 글공부하면서 깊이 생각하고 차이를 인정하는 습관이 생겼다. 사고의 변화는 관대함과 긍정의 마음도 심어 주었다. 그렇다 보니 이제는 얼굴이 밝아졌다는 말도 듣는다. 베풀고 살아가려는 노력이 인상도 바뀌게 함을 알아가고 있다.

　작은 습관들이 모여 규범을 정하고 마땅히 지켜야 할 법을 제정하는 것 아니겠는가. 내 눈의 큰 티는 못 보고 남의 눈에 작은 티를 꼬집고 사는 건 아닌지. 자신보다는 남을 먼저 보살피는 마음을 자싯물통에서 배운다. 설거지에서 얻은 소소한 깨달음으로 삶의 소중한 가치를 느끼며, 어떤 모습으로 살아갈 것인가를 고민해 본다.

도서관에서의 하룻밤

연일 무더위가 지속되고 있다. 도로도 폭염으로 가만히 있지 못하고 용틀임을 하며 열기를 뿜는다. 아침부터 내리쬐는 햇볕을 피해 창문을 꼭 닫고 출근길에 나선다. 3차 우회 도로로 들어서서 창문을 내리니, 함초롬히 피어있는 한 무더기의 노란 꽃이 눈에 들어온다. 꽃잎을 오므리고 오밀조밀 모여 있는 꽃들이 전해주는 옛사랑의 향기에 어느새 노래를 흥얼거린다. "얼마나 기다리다 꽃이 됐나. 달 밝은 밤이 오면 홀로 피어~." 달맞이꽃의 애달픈 노랫말이 맴맴 돌며, 내 마음을 아프게 했던 적이 언제였던가!

누구나 살아가면서 한 번쯤, 짝사랑에 대한 추억이 있을 것이다. 초등학교 때 개구쟁이 짝꿍, 중·고등학교 학창 시절 멋쟁이 선생님, 시험 기간 때마다 도서관 자리를 잡아주던 복학생 선배, 짝사랑에 대한 추억을 꼬깃꼬깃 마음 한구석에 깊이 묻어두고 인생이 고달플 때마다 꺼내 보는 맛! 그 맛을 어떻게 표현하면 좋을까?

  얼마 전에 내가 근무하는 오송도서관에서 초등학교 저학년을 대상으로 '아빠와 함께하는 도서관 원정대 1박 2일' 독서 캠프가 있었다. 아빠와 손을 꼭 잡고 도서관을 들어오는 아이들의 모습엔 설렘과 걱정이 묻어 있었다. 늘 엄마와 함께였던 집을 떠나, 아빠와 단둘이 있어야 하는 도서관에서의 하룻밤은 가슴을 콩콩 두근거리게 할만도 했겠지. 도서관이 '무슨 책으로 가득 채워져 있을까' 하는 호기심으로 상상의 나래를 펴는 아이들의 표정이 마치 꽃잎을 오므리고 곱게 피어있던 달맞이꽃처럼 보였다.

  입장이 같은 아빠들과 비슷한 또래 아이들이라는 공통점이 있어서일까? 참가한 사람들은, 자기소개하고 게임을 즐기며 서먹서먹했던 분위기는 금세 사라졌다. 행사 미션 중 하나인 아빠와 아이가 마주 앉아, 아빠의 발을 씻기고 닦아줄 때. 아빠들의 표정은 짝사랑하는 사람에게 마음을 들킨 듯 어찌할 바를 모르는 표정이었다. 갓난아이의 앙증맞았던 작은 손이 어느새 자라, 꼬물꼬물 아빠의 발을 씻겨주니 그 마음이 얼마나 벅찬 감동이었을까! 촛불 의식에서 딸에게 무릎을 꿇고 사랑하는 마음을 전달한 아빠, 아빠에게 감사하고 사랑한다고 말하는 나이

답지 않게 의젓한 딸, 주말부부라서 아이와 많은 시간을 함께 하지 못하는 미안함을 전달하고자 노력하는 아빠의 모습, 자신들을 위해 밤늦게까지 항상 바쁜 아빠들을 위로하는 아이들…. 어린아이라고만 생각했던 아이들의 속마음을 읽고 눈물 흘리는 아빠의 모습…. 그 모습들을 바라보니, 지나간 일들이 새록새록 떠오르며 나도 모르게 가슴이 찡하고 뭉클해지며 눈물이 흘렀다.

아이가 처음 옹알이를 하고 "엄마~"라고 말했을 때, 몇 번이고 넘어지면서도 한 발 두 발 걸음마를 했을 때, 혼자 숟가락질로 밥을 먹기 시작했을 때, 연필을 잡고 이름 세자를 삐뚤빼뚤 썼을 때, "엄마 생일 축하해요"라고 카드를 보내왔을 때, 아이들이 성장하며 주었던 기쁘고 감사했던 많은 일들…. "이래라 저래라" 하며 나의 욕심을 채우기 위해 아이들의 웃음을 잃게 했었던 건 아니었는지 돌아본다. 이제 성인이 되어 제 갈 길을 묵묵히 걷고 있는 아이들. 언젠가 아빠, 엄마가 되면 내 마음도 이해해 주려나? 자식을 향한 부모의 애틋한 마음은 세월이 흘러도 변치 않고 한결같음을 다시 느껴보는 날이었다.

아빠와 아이가 함께 도서관을 누비며 책도 읽고, 그림도 그리고, 서로의 마음을 편지지에 가득 채웠던 행복한 순간들, 그 멋진 순간을 사진에 담아 압화 액자를 만들었던 소중한 추억들, 텐트 속에서 주고받은 밀어들은 평생 살아가는 희망과 긍정의 에너지가 되어주겠지…. 아빠도 아이도 살아가면서, 오래도록 되새김질할 도서관에서의 하룻밤! 인생길에 감로수이길 바란다. 밤이 깊어질수록 아빠와 아이의 얼굴은, 달빛 아래 활짝 핀 달맞이꽃처럼 환하게 피어올랐다.

막둥이

　가을 햇살이 눈에 부신 점심나절 가족 채팅방에 남편이 사진 한 장을 올렸다. 작고 가냘픈 몸에 똘망똘망한 눈을 가진 귀여운 강아지 모습이었다. 사진 속에는 "우리 아이 잘 키워주세요."라는 편지도 보였다. 무슨 사연이 있는지 남편 친구가 운영하는 가게 앞에 두고 갔단다. 평소, 강아지 키우고 싶다고 노래하던 아들 얼굴이 떠올랐다. 이심전심이라 했던가! 그 사진을 보았는지 아들에게서 전화가 왔다. 구구절절 그 사연을 전달하는 아들의 목소리는 벌써 그 깜찍한 모습에 푹 빠졌음을 알리는 듯 들떠있다. '누가 버렸을까?' 하며, 버려진 녀석에 대한 측은지심惻隱之心으로 걷어주길 바라는 마음이 전해진다.

　몇 해 전, 십여 년 함께했던 강아지가 갑작스럽게 죽었던 일이 생각난다. 외출했다 돌아오면 반갑게 맞아주던 모습을 어디서도 찾아볼 수 없으니 너무도 허전했었다. 애지중지 여기던 자식을 잃은 것처럼 상심은 컸다. 나도 그러한데 강아지에 대한 애정이 남달랐던 아들은 오죽했을까. 바쁘다는 이유로 많은 시간을 함께하지 못한 부모보다도 더 많은 정을 나누었을 텐데. 강아지의 죽음은 아들에게 큰 상처였다. 늘 밝은 얼굴이었던 아들은 말수도 적어졌다. 자신이 잘 돌보지 못해서 죽었다는 죄책감으로 괴로워했다. 그렇게 힘들어하는 아들을 보며 다시는 반려동물을 키우지 않겠다고 다짐했었다. 사진 속의 강아지를 보고 있는 마음이 편하지가 않다. 초롱초롱한 눈빛이 자꾸만 어른거린다.

　퇴근 후 집에 들어서자마자 눈을 의심해야 했다. 사진에서 본 편지와 강아지가 있었다. 어찌 된 영문인지 의아했다. 빨리 되돌려주라고 목소리를 높였으나, 이제 겨우 몸을 가누는 강아지와 눈을 마주친 순간 아버지의 얼굴이 떠올랐다. 어미를 잃은 새끼 고양이에게 우유 젖병을 물려주시던 모습이 눈가를 적신다. 집도 없이 종이박스에 신문지를 깔아 넣고 보내진 '저 귀여운 것을 어찌 되돌려 보낼까'라며, 마음으로 받아들이고 있는 나 자신을 발견했다. 마음이 분주해졌다. 녀석에게 필요한 물건을 사러 아들과 함께 마트로 향했다. 마치 출산을 앞두고 아기 용품을 준비하는 엄마의 마음처럼 설렜다. 아들은 이리저리 둘러보며 꼼꼼히 살펴 담는다. 자신에게 필요한 것을 살 때는 한번 둘러보고 쉽게 결정하더니, 하나하나 고를 때마다 공

功을 들였다. 물건을 사 들고 돌아와 태어날 아기의 방을 꾸미듯, 기거할 자리를 만들어 주고 장난감도 넣어 주었다. 낯선 환경 탓인지 가만히 눈치만 보고 앉아 있던 녀석이 신기한 듯 장난감을 발로 톡톡 친다. 그런 녀석을 보니 웃음이 나온다. 엄마가 된 듯 기분이 묘하다. 아들은 마치 막냇동생이라도 안아주듯 가슴에 꼭 안고 얼굴을 비벼대며 "까꿍~" 한다. 귀여워 어찌할 바를 모르며 함박웃음을 짓더니, "엄마, 이름을 뭐라고 지을까요?" 하며 묻는다. 여러 이름이 오고 갔지만, 가을에 받은 선물이니 '가을이'로 이름을 지었으면 좋겠단다. 그렇게 가을이는 우리와 함께 지내게 되었다.

이제 제법 자라서 퇴근해 들어가면 온갖 애교를 부리며 같이 놀아달라고 막무가내로 따라다닌다. 군것질이 필요하면 꼬리를 흔들어 대며 넙죽 엎드린다. 아직 일정한 장소에 배설하지 못하는 녀석을 야단치면, 칭얼대며 아양을 떨기도 한다. '아기 엄마가 하루에 열 번 거짓말한다.'라는 말처럼 내가 요즘 그렇게 하고 있다. 가을이가 한 가족이 되면서, 모두 모여 이야기하는 시간이 늘었다. 언제나, 가을이의 일상을 주제로 삼는다. 살림살이도 마음대로 내놓지 못하는 불편함을 하소연하면 아들은, "엄마, 막둥이라 생각하고 예뻐해 주세요. 얼마나 귀여워요?" 하고 말한다.

늦은 나이에 둔 막둥이의 재롱에 푹 빠져 일찍 귀가하는 사람들의 마음을 알 것 같다. 어린 생명을 거두고 함께 더불어 살아가는 행복을 가르쳐 준 아버지가 그리운 날이다.

홍시

은행잎이 황금물결로 넘실거리는 길을 걷는다. 가슴속 깊숙이 가을 향기가 느껴진다. 한참을 걷다 보니 눈부신 햇살 아래 자리한 교회가 보인다. 자그마한 언덕 위에 내 주먹보다도 더 큰 감이 달린 감나무와 마주했다.

어릴 적 우리 집 마당에는 두 그루의 감나무가 있었다. 한 그루는 단감나무이고 또 한 그루는 홍시를 건네주던 나무였다. 아버지는 첫서리가 내리면 아들, 딸들을 불러 모아 함께 감을 따셨다. 사과 궤짝에 짚을 깔고 감을 얹은 다음, 다시 짚을 깔고 켜켜이 가득 채워 다락방에 놓아두었다. 추운 겨울 흰 눈이 펑펑 내릴 때면 안방 아랫목에 둘러앉아 따뜻한 모과차를 마시며 홍시를 꺼내 먹곤 했다. 그 달콤함을 무엇으로 견줄까!

가을이 되어 감나무에 감이 익어가는 풍경을 볼 때면 한없이 아버지가 그리워진다. 길을 걸을 때 마당이 있는 집 담장 너머로 붉게 물들어가는 감을 보면 저절로 발걸음이 멈춰진다. 아버지가 금방이라도 "얘야, 감 받아라." 하시며 부를 것만 같다. 살아오는 동안, "이 세상에서 가장 존경하는 사람이 누구냐"라는 질문을 받을 때마다, 늘 대답은 한결같았다. "우리 아버지요." 내 인생의 스승이었고 나의 버팀목이 되어주신 아버지! 가을이 되면 그냥 눈물이 난다. 보고 싶고 보고 싶은 아버지. 불러보고 싶은 아버지.

한참을 서서 아버지를 그리워하고 있는데 "감나무 아래서 뭐 하고 있어요?" 나지막한 목소리를 건네시며 목사님께서 다가오신다. "감이 너무 탐스럽게 생겨서요."라고 대답하니, "대봉이라는 감나무인데 무척 맛이 달콤해요."라고 하신다. 다 익은 감을 하나 따 주시며 먹어보라고 건네주셔서 감사히 받아, 한 입 먹어보니 정말 꿀맛이다. 씨앗 주변의 탄력 있고 느낌이 좋은 식감을 오래도록 혀로 굴리며 밀려오는 아버지에 대한 그리움의 눈물을 참아본다.

우리 아이들은 부모를 어떤 모습으로 기억하고 있을까? 맨날 바쁘다는 핑계로 가슴속에 예쁜 추억 하나 남겨주지 못한 것 같아 늘 마음이 아프다. 티격태격 의견 충돌이 있을 때마다 아이들은 "엄마는 행복한 유년 시절을 보냈기 때문에 우리 마음을 몰라." 하며 자신들이 제일 불행한 양 목청을 높이곤 했다. 그런 생각을 하고 자란 아이들에게 정말 미안했다. 이제는 아들, 딸 모두 성년이 되어 각자의 생활에 바쁘다. 세월이 흘러 직장을 구하고 가정을 꾸리게 될 아이들을 생각하니, 함께 할 날도 이제 많지 않다는 생각이 들었다. 더 늦기 전에 아버지께서 주셨던 달콤한 사랑을 아이들에게도 나눠주고 싶었다. 아버지께서 하셨던 것처럼 홍시 만들기를 한번 해봐야겠다는 생각이 들어 대봉 감을 한 상자 사서 집에 돌아왔다. 사과 궤짝도 볏짚도 없어 박스로 대신하였다. 감을 하나하나 올려놓을 때마다 반듯하게 예쁘게, 나중에 행여나 부딪혀서 깨지기라도 할까 봐 내려놓는 손에 정성을 다하였다. 한 줄 올려놓고 판지를 놓고 켜켜이 다 쌓아 베란다에 내놓았다.

하루빨리 홍시가 되길 바라는 마음에 눌러도 보고 만져도 보고 아침마다 상태를 확인해보는 습관이 생겼다. 딱딱한 주황빛의 대봉이 금방이라도 터질 듯이 말랑말랑하고 탱탱하게 변하는 것은 너무도 더디었다. 그 더딤 속에 아버지에 대한 그리움과 사랑이 뼛속까지 파고들었다. 도회지에 살아 홍시 만들기에 대한 추억이 없는 남편과 아이들은 매일 아침 베란다에 나가서 감을 물끄러미 바라보며 쓰다듬고 혼잣말을 하며 생각에 잠기는 내 모습이 의아한가 보다.

흰 눈이 펄펄 내리는 겨울날에 아이들이 달콤한 홍시를 하나씩 꺼내 먹으면서 엄마의 사랑을 느껴주길 바라는 마음이다. 감나무에 달린 감을 보고 아버지를 그리워하듯 아이들에게도 오래도록 엄마를 기억하는 동기를 만들어주고 싶었다. 어쩌면 그 핑계로 아버지와의 시간을 사무치게 그리워하며 즐기고 있는 건 아닌지.

갑자기 추워진 날씨가 싫지 않다. 첫눈이 내리는 날, 빨갛게 익은 홍시를 살며시 꺼내 먹으며 아버지의 따스한 사랑으로 온몸을 녹여야겠다.

추억이 머무는 곳

　파랗고 잔잔한 물결이 햇살에 물들어 은빛 춤을 추고 있다. 수몰되지 않고 유일하게 남아있는 내 고향 중학교 운동장을 거닌다. 흘러간 세월을 말해주듯 풍성하게 자라 있는 나무들이 나를 감싸주며 위안을 준다. '고향이란 이런 거구나, 포근함을 주는 아늑한 곳이구나…' 생각하며 한참을 서서 운동장 바로 앞까지 들어찬 호수를 바라본다. 친구들과 떠들고 재잘거리던 소리가, 좋다고 손뼉 치며 까르르 웃던 웃음소리가, 물안개 피어오르듯 물속에서 솟아오르는 듯하다. 모두, 어디에서 무엇을 하며 어찌 살아가고 있을까? 내게 추억으로만 남아있는 고향집은 어떤 모습으로 물속에 잠겨있을지 궁금하기만 하다. '저 많은 물이 다 빠져 버려, 한 번만이라도 예전 풍경 그대로 되살아날 수는 없을까?'하고 부질없는 생각을 해본다. 타임머신이 있다면 어릴 적 추억이 쌓여있는 그곳에 꼭 한번 가보고 싶다.

　한참을 서성이다, 하얀 연기가 꿈틀거리며 올라가는 곳으로 발길을 돌렸다. 솔향기 폴폴 피워내며 밥 짓던, 해 질 녘 고향의 고즈넉한 풍경을 떠올리니 발걸음도 사뿐했다. 가까이 다가갈수록 구수한 냄새가 코를 자극한다. 연기가 오른 곳에 다다르니, 군고구마 통에서 장작이 활활 타고 있었다. 상상했던 시골의 정취와는 달랐지만, 옆에서 펄펄 끓고 있는 올갱이국 향긋함은 아침 일찍 올갱이를 박박 문지르는 소리에 깨어 눈 뜨곤 했던 기억을 되살려준다.

아버지는 툇마루에 앉아서 된장에 푹 삶은 올갱이를 까셨다. 나는 올갱이 삶는 날이면 교회 옆에 있던 우시장의 탱자나무 울타리로 달려가 가시를 한 움큼 따 가지고 왔지…. 올갱이를 돌돌 돌려가며 쏙쏙 빼먹던 내 모습도 아련하게 떠오른다. 어린 시절 뛰놀던 학교 운동장, 망초대 꽃이 한 아름 피어 있던 둑길, 정월 대보름이면 시커멓게 그은 얼굴로 쥐불놀이하던 냇가, 그립고 보고 싶은 고향 풍경을 이제는 더 볼 수가 없다. 마음속에 자리 잡은 기억을 더듬어 볼 뿐이다. 고향으로 돌아가고 싶은 마음은 흐르는 세월 탓일까?

산과 호수로 둘러싸인 마을은 금방 어둠이 찾아들어 정적이 흐른다. 그곳에 사는 사람들의 순박한 마음처럼 화려한 불빛도 없다. 산등성이 따라 떠오르는 달빛에 가을날 풍년을 기뻐하는 마을 사람들의 환한 모습이 투영되어 보이는 듯하다. 만국기가 하늘 높이 날리던 가을 운동회 "영치기 영차!" 줄다리기하며 외치던 함성은 어둠이 드리워진 양성산에서 메아리 되어 들려오는 것 같다. 문명의 발달이란 명목 아래, 대청호는 어릴 적 뛰놀던 동심을 고스란히 삼켜버렸다. 고향 사람들과의 정이 온전히 묻혀 있는 곳, 물속에 잠긴 고향을 떠나 각자 흩어진 정든 사람들과 애틋함만 남겨놓고, 호수는 아무렇지도 않게 평온을 유지하고 있다. 디지털 시대의 폐쇄적인 인간관계를 말하듯이 시멘트와 무쇠 철로 높게 자리 잡은 대청댐을 바라보면, 고향을 잃은 삭막해진 내 마음인 양 슬프다.

얼마 전 막을 내린 평창 올림픽에서 단일팀으로 참가했던 선수들이 헤어짐 속에서 서로 껴안고 눈물 흘리는 모습을 보았다. 내 의지와 상관없이, 함께 했던 정든 사람과 언제 다시 만날지 모르는 이별을 해야 함은 너무도 슬픈 일이다. 선수들의 모습을 바라보며, 만나고 싶은 고향의 얼굴들과 산천을 떠올렸을 실향민들은 얼마나 애간장이 말랐을까! 지역의 발전과 다수의 행복을 위한 개발이란 당위 속에서 생이별하는 수몰민의 아픔으로 가슴이 먹먹했다. 그래도 '같은 하늘 아래 살고 있으니, 언제든지 만날 수는 있겠지….' 하며 위안으로 삼는다.

그동안 자주 오가던 길에도 눈길 한번 주지 않던 호수가 오늘은 내 마음의 빈 곳을 가득 채워 허전함을 달래준다. 마음속에서 잔잔한 물결이 일며, 동심원을 그려나간다. 내 고향 문의면 문산리. 어린 시절 추억이 머무는 곳. 오래도록 만인萬人의 사랑을 받는 풍치風致를 자랑하며 사람들의 마음을 포근하게 품어주면 좋겠다.

딸을 위한 기도

겨우내 메말랐던 나무는 파란 새싹들이 고개를 내밀어 싱그러움을 더한다. 경칩이 지나니 봄바람도 살랑살랑 춤춘다. 삼월은 새로운 출발을 알리는 희망의 계절이다. 올 삼월은 나에게도 더없이 가슴 벅찬 기쁨과 감동을 준다. 삼수三修한 딸이 그리도 갈망하던 대학에 입학한다. 신대륙을 발견한 콜럼버스도 이보다 벅차고 행복하지는 않았으리라.

새로운 곳을 향한 첫발은 설렘과 동시에 두려움이 함께 밀려온다. 다른 도시에 있는 대학에 입학하게 되어 새 둥지 마련을 위해 초행길에 올랐다. 한참을 달리다 보니 터널이 나왔다. 터널의 길이는 생각보다 길었다. 어두컴컴한 터널이라 생각하니 가슴은 조여 오고 속은 울렁거렸다. 순간 액셀을 밟아 속도를 냈다. 빨리 벗어나고 싶었다. 터널을 빠져나오며 불안과 공포로 힘들어하는 내 모습을 보면서 딸아이를 떠올렸다. 터널과도 같은 삼수의 입시 굴레에 갇혔던 딸에게 좀 더 세심하게 마음

써주지 못했던 지난날들이 짠하고 미안한 마음이 들었다. 긴 시간을 쉼 없이 달려온 딸은 얼마나 힘들었을까 하는 안타까움이 가슴 저 깊은 곳에서 밀려왔다.

딸은 중학교 때부터 다양한 역할로 감동을 줄 수 있는 연극에 매료되어 연극 연출가를 꿈꿨다. 대학은 자신의 꿈을 위해 가는 곳이라는 소견所見대로 첫 입시를 치렀다. 합격할 거라는 기대와는 달리 실패였다. 내가 대학 갈 때는 꿈보다는 무조건 성적에 맞춰 들어갔다. 적성에 맞지 않는 대학 생활을 후회했지만 재수할 용기가 없었다. 딸이 재수를 택했을 때 자연스럽게 받아들일 수 있던 이유였다. 또 실패였다. "엄마, 나도 대학생이 되고 싶어."라는 간절함은 삼수를 결정하게 했다. 사람들은 갈림길에 섰을 때 많은 고민을 한다. 직진으로 갈 것인지 아니면 보이지 않는 굽은 길로 갈 것인지.

삼수三修의 길은 온종일 어두컴컴한 좁은 독서실에 앉아 숨소리라도 들릴까 염려하며 모든 것을 억제하고 견뎌야만 하는 날들이었다. 먹고 바로 자리에 앉아 공부하는 생활의 반복으로 살은 찌고 다리는 퉁퉁 부어올랐다. 결국 복부 팽만으로 호흡곤란 증세까지 보였다. 모의고사를 본 날은 극도로 예민해져 손톱을 물어뜯고 손끝에서 피가 나야 멈추곤 했다. 예상보다 좋지 않은 성적에 과연 이렇게 공부를 해서 무엇이 되려고 하느냐면서 목표 의식도 잃고 열등감과 자괴감으로 혼돈에 빠졌다. 그럴 때마다 나는 꿈을 이루기 위해 거쳐야 하는 입시라는 관문을 빗겨나가지 않도록 숨죽여 응원해주는 것밖에는 달리 도울 길이 없었다.

수험생 부모라면 누구나 한 번쯤 겪어 봤을 것이다. 대학 원서를 내고 발표가 있을 때마다 온 신경이 마비되고 어지러움이 밀려왔다. 마지막 발표가 있던 날, 아침에 출근하여 컴퓨터 앞에 앉아 대학 홈페이지를 열었다. 시간이 공지되었음에도 초조한 마음으로 확인해 보기를 수십 번. 도무지 일이 손에 잡히지 않았다. 이렇게 나 자신도 좌불안석坐不安席인데 딸은 얼마나 두려울까. 드디어 발표되었다. 이를 어쩌나. 잘못 본 건 아닌지. 눈을 비비고 혹시 수험 번호와 이름을 잘못 입력했는지 확인하고 또 확인해 봤지만, 불합격이었다. '하늘이 노랗다.'라는 말이 실감 났다. 딸에게 무슨 말로 위로할지 겁이 났다. 한숨만 나오고 알 수 없는 공포가 온몸을 감쌌다.

"딸은 어느 학교 갔어?"라고 물어오는 친구를 만나도 몹시 난처하고, 합격했음을 알리는 직장 동료에게 진심으로 축하한다는 말을 건네기도 힘들었다. 마지막 지푸라기라도 잡아야 한다는 절박함으로 정시 추가 모집에 원서를 냈다. 정시 추가 모집이 있다는 걸 그때야 알았다. 수시로 바뀌는 입시제도에 너무도 무지했다. 요즘은 엄마의 정보력이 대학 진학에 필수라는데 입시설명회 한번 가보지 않은 나 자신이 원망스러웠다. 골문을 향해 열심히 뛰라고만 했지 슛을 하는 다양한 방법은 알지 못했다. 누구를 탓하랴. 딸은 전력 질주했는데 치밀한 전략으로 슛을 성공시키지 못한 나의 잘못이라는 생각에 쥐구멍이라도 찾고 싶었다. 그때 전화가 왔다. "엄마, 대학교에서 연락이 왔어. 등록할 수 있냐고." 들뜬 목소리와 함께 함박꽃처럼 환하게 웃는 딸의 모습이 따스한 햇살로 다가왔다. 온 세상을 다 얻은 것처럼 행복했다.

사랑하는 딸아! 이제 대학이란 작은 사회에 적응하며 젊음을 맘껏 누려보길 바란다. 인생이란 자신이 의도한 대로만 살아지는 것이 아니라 서로 조율하고 배려하며 살아가야 함을 알게 될 거다. 어쩌면 지금까지 만난 터널보다도 더 긴 터널을 지나야만 하는 시간이 앞에 놓여 있을 수도 있다. 어떤 경우라도 쉽게 멈추지 말고 힘들게 헤쳐 나온 지난날들을 거울삼아 슬기롭게 이겨나가길 바란다. 엄마는 네가 무엇을 하든 항상 네 옆에 서서 응원할 거다. 우리 함께 더 높고 넓은 세상을 그려보자.

학교 급식이 이루어지지 않는 방학이 되면 아이들 끼니 걱정
이 이만저만이 아니었다. 돌봐 줄 어른이 집에 계시지 않는 나로
서는 무척이나 난감했었던 기억이 지금도 가슴을 아프게 한다.

두 번째 이야기

와이퍼

오랜만에 비가 내렸다. 봄비답지 않게 많은 비가 목마른 대지를 적셨다. 승용차 전면 유리창에서 또르르 흐르는 빗방울이 나를 향해 달려와 메마른 감성을 노크했다. 순간 앞이 캄캄해졌다. 반사적으로 와이퍼를 작동시켰다. 쉼 없는 움직임으로 빗물을 닦아내는 소리가 쏟아지는 빗방울과 함께 음률을 타며 어우러졌다. 연신 움직이는 와이퍼 덕에 마음도 차분해지고 시야도 맑아졌다. 모처럼의 빗소리에 봄의 교향곡을 감상하듯, 온몸의 신경이 촉각을 세웠다.

며칠 전, 친구가 고민을 전해왔던 일이 떠올랐다. 아들이 집에 들어오면 방에 들어가 나오지 않는단다. 당연히 아들과의 대화는 단절이라며, 어찌하면 좋겠냐고 하소연을 했었다. 처음에는 서로에게 수정처럼 맑았던 마음이 언제부터인가 거리가 생겨 얼음처럼 차가운 벽을 만들었다니 안타깝기만 했다. 나도 아이들을 키우며 수없이 경험한 일들이지만, 쉽게 고민을 해결

할 말을 건넬 수가 없었다. 친구의 아들이 무슨 이유로 마음의 문을 닫고 있는지 알 수 없는 상태에서 섣불리 판단해서 이야기하는 게 무슨 도움이 될까? 그 일로 가슴이 답답했던 기억이 빗줄기와 엉키며 새끼줄을 꼬는 듯하다. 문득, 마음을 덮고 있는 얼룩을 와이퍼로 깨끗이 닦아낼 수 있으면 좋겠다고 생각해 본다.

비 오는 날 '와이퍼가 움직이지 않는다면 안전한 운전을 할 수 있을까?' 하는 생각에 와이퍼 작동을 멈춰봤다. 앞이 전혀 보이지 않는다. 눈을 아무리 크게 떠도 쏟아지는 빗줄기에 눈 뜬장님이 되고 말았다. 평소에 그리 중요하지 않게 생각했던 것들도 존재의 가치가 있고 언젠가는 그 가치를 발휘할 기회가 온다고 생각을 한다. 아주 작은 미물이라도 함부로 평가할 수 없는, 누군가에게는 꼭 필요한 소중한 존재라는 것을 다시 한 번 깨닫는다.

시간이 지날수록 빗방울이 굵어지고 바람도 불어왔다. 점점 어두워지고 차량 통행이 없는 도로는 무섭기까지 했다. 차 앞 유리를 열심히 닦아주는 와이퍼 덕에 내 눈이 사물을 분간한다고 생각하니 스스로 겸손해져야 함을 배운다. 보이지 않는 사물을 볼 수 있게 해주는 와이퍼와 같이 나도 누군가의 마음을 맑고 깨끗하게 정화해 줄 수 있다면 좋겠다. 미래의 불확실함에 방황하고 힘들어하는 이웃들에게 밝은 미래를 꿈꾸고 계획할 힘을 주고 싶다. 어둡게 드리워진 삶의 막막함을 닦아 내주는 와이퍼 역할을 하고 싶다.

요즘 사람들은 있는 그대로의 상대를 바라보는 게 아니라, 색안경을 끼고 보다가 오판을 하는 경우가 종종 있다는 생각을 한다. 우리도 마음의 와이퍼를 하나씩 가져보면 어떨까. 차창의 이물질을 닦아내며 사물을 정확하게 볼 수 있게 하는 와이퍼처럼. 속마음은 보려 하지 않고 외모만 보고 사람을 판단하려는 외모 지상주의 경향이 있는 사람들에게, 상대를 있는 그대로 바라볼 수 있게 '쓱쓱 싹싹' 마음의 눈을 맑게 해주는 와이퍼를 움직이게 말이다. 마음의 와이퍼는 각자의 신앙이 될 수 있고, 가치관이 될 수도 있을 것이다. 내게 있어서 마음의 와이퍼는 무엇일까? 사람의 마음을 따뜻하게 다독여 주고 믿음을 주는 삶을 살고 싶다. 이웃으로부터 신뢰받으며 살고 싶다. 하루아침에 이루어질 수 있는 일은 아니지만, 꾸준히 노력한다면 가능하지 않을까 하는 희망을 가져본다. 먼저, 마음의 눈을 덮고 있는 오만과 편견을 벗겨내고 세상을 아름답게 볼 수 있도록 애써야겠다.

보기 드문 많은 비가 내린 뒤 대지는 푸름이 더해간다. 나뭇가지마다 새순이 싹트고 꽃망울을 터뜨리고 있다. 자연도 서로의 허물을 벗고 교감을 나누고 있다. 비를 머금고 꽃을 피운 산수유에는 벌들이 떼를 지어 날아와 속삭이고 있다. 어제 내린 비가 세상을 깨끗하게 닦아 냈는가 보다. 정말로 큰 와이퍼가 움직였나 보다.

개를 업은 여인

꽃눈이 흩날리는 황홀한 봄날이다. 따스한 햇볕이 옷 속으로 파고들어 살갗을 간지럽힌다. 사방을 둘러봐도 꽃들에 취한 얼굴들이 마냥 즐겁기만 하다. 여유롭게 거니는 쌍쌍의 커플들은 찰칵찰칵 낭만을 담기에 바쁘다.

지나가는 사람들의 행색에서 느껴지는 평화로움 속에 유독 눈에 띄는 아주머니 한 분이 계신다. 포대기로 어린아이를 업은 듯한 자세로 조금은 분주하게 바삐 걸음을 재촉하고 있다. 옆에서 나와 걷고 있던 딸아이가 "엄마, 아줌마가 개를 업었네."라고 한다. 정말이지 개를 업고 걷고 있었다. 순간, 잠시 멍하니 서 있었다.

'사람은 더불어 함께하는 사회적 동물'이라고 아리스토텔레스가 말했듯이, 서로가 함께 의지하며 공동체 속에서 살아오고 있다. 그런데 산업사회가 발달할수록 개인 중심의 사회로 변화하며 홀로 사는 사람들이 증가하고 있다. 홀로 사는 사람들이 사람들과 어울리기보다는 반려동물을 애지중지 키우면서, 함께 이야기하고 함께 밥 먹고 함께 산책하곤 한다. 물론, 반려동물을 키우는 것을 나쁘다고 말하고 싶진 않다.

맞벌이인 나도 아이들이 초등학교 저학년일 때 강아지를 키운 적이 있다. 친구들은 학교 끝나고 집에 가면 엄마가 반갑게 맞아주는데, 집에 오면 아무도 반겨주는 이가 없어 너무나 슬프다고 말한 연유에서다. 강아지는 하루가 다르게 사람 말소리도 알아듣고 사람이 하는 대로 흉내도 내고 마치 또 하나의 자식 같은 생각이 들었다. 그렇게 함께 살며 정이 드니, 아이들과 똑같이 행여나 병이 날까 봐 걱정이고 외모도 신경을 써 미용도 해주고 새 옷도 사 입히고 그렇게 한 가족처럼 살았던 기억이 떠오른다.

업무상 타지로 출장을 간 어느 날 아들의 전화가 걸려왔다. 전화를 받자마자 알아들을 수 없는 말을 하며 대성통곡을 했다. 평소 침착하던 아이가 무슨 일이기에 이러는가 하고 가슴이 쿵 내려앉았다. 마음을 달래며 울지 말고 얘기하라 하고 들어 보니, '쭈쭈'가 죽었단다. 6년여를 함께 동고동락한 친구이자 가족이었던 쭈쭈 죽음에 아들 녀석은 1시간을 넘게 대성

통곡을 하며 슬퍼하였다. 조금만 일찍 병원에 데려갔으면 죽지 않았을 것이라고 탓하면서 말이다. '얼마나 친구가 필요했으면, 엄마의 정이 그리웠으면 그럴까!' 그동안 바쁘다는 이유로 많은 대화도 나누지 못하고 안아주지 못했던 나 자신을 반성하며 아들에 대한 미안함과 안타까움이 밀려왔었다.

　나에게도 좋은 친구이며 가족이었던 쭈쭈는 축 처진 지친 몸으로 퇴근하여 문을 열고 들어서면 얼른 옆에 와서 꼬리 흔들며 반겨주고 졸졸 따라다니던 애교쟁이였고, 혼자 앉아서 밥 먹으면 같이 웃어주며 이야기하던 수다쟁이였다. 혼자 앉아 TV를 보면 무릎에 앉아 같이 보던 센스쟁이였고, 피곤해서 누워 있으려면 함께 발랑 누워 있던 따라쟁이였다. 어쩌면 사람과 그렇게도 똑같이 행동할까 하고 신기해하며 사랑을 듬뿍 주었던 쭈쭈가 눈에 보이지 않으니 가슴 한끝이 시리도록 아프고 구멍이 뻥 뚫린 듯 허전했었다.

　개를 포대기에 업고 가는 아주머니도 나와 같은 마음이었을까? 따스한 봄 햇살을 친구이자 가족인 강아지와 함께 즐기고 싶은 마음으로. 아니면 아파서 칭얼대며 보채는 엄살쟁이를 데리고 병원에 가느라 그리 발걸음을 재촉했을까? 무슨 일일까? 쭈쭈가 우리 곁을 떠나간 지도 8년이 넘었건만 아들 녀석은 아직도 쭈쭈의 사진을 벽에 붙여 놓고 그리워하고 있다.

　이렇듯 반려동물과 함께하며 쓸쓸함을 달래거나 고독을 이겨내는 사람들이 늘어가고 있는 사회이다. 반면에, 소중한 생명을 출산 후 인간의 존엄성을 망각한 채 무책임하게 버리는 끔찍한 사건들을 매스컴을 통해 종종 접하기도 한다. 포대기로 개를 업고 가는 아주머니의 모습에서 현시대의 사회적 각박함과 모순에 허탈함이 전해져 온다.

추억을 노크한 점심시간

점심때를 알리는 배꼽시계 소리에 식당으로 향한다. 여느 때와 다름없이 식당 안은 사람들로 긴 줄을 이루고 있다. 문밖까지 이어진 행렬 속에 서 있자니, 학창 시절 점심시간이 그리움으로 다가온다. 1교시 수업이 끝나기가 무섭게 도시락을 비우고 숟가락 하나 들고 친구들의 밥을 뺏어 먹던 개구쟁이 친구의 얼굴, 도시락 뚜껑을 열고 밥 위에 얹혀 있는 달걀 프라이를 자랑하던 친구의 얼굴이 생각난다. 꽁보리밥을 뚜껑으로 살짝 감추며 밥을 먹던 부끄러움이 많던 친구의 얼굴. 회초리를 들고 혼식 도시락 검사를 하시던 선생님의 근엄한 모습도 아련히 떠오른다. 겨울이면 난로 위에 수북이 쌓아 올려놓았던 도시락에서 흘러나오던 구수한 밥 탄 내음이 군침 돌게 했다. 친구들과 구워 먹던 쫀드기와 떡가래 굽던 그리운 냄새에 입맛을 다시다 보니, 어느새 길었던 줄은 짧아져 식판을 들고 밥을 푼다. 상큼한 봄나물과 향긋한 달래 된장국이 기다림에 지친 시간을 보상이라도 해 주듯 고향의 봄 향기를 듬뿍 전해준다.

식당 한쪽 따스한 햇볕이 내리쬐는 곳에 자리한 항아리들도 오늘따라 유난히 정겹게 다가온다. 봄 향기에 취한 탓인지, 따스한 봄 햇살은 나를 동심으로 데려간다. 어머니는 늦가을이면 메주콩을 푹 삶으셨다. 삶은 콩은 구수한 맛과 향이 참 좋았다. 삶은 콩을 절구통에 빻아주시면 나와 동생들은 소매를 걷어 올리고 앉아서 주물럭거리며 네모반듯하게 모양을 만들었다. 함지박에 놓고 '탁탁' 치면 둥글넓적했던 모양이 직육면체로 변하는 것이 재미있기도 하고 신기하기도 했다. 어머니의 손맛이 고스란히 담겨 있던 시골집 장독대 풍경. 달콤 짭짜름한 간장과 무를 박아 놓은 구수한 된장, 늙은 오이를 눌러 놓은 매콤한 고추장…. 우리 입맛에 맞는 반찬을 뚝딱뚝딱 만들게 해 주던 어머니의 보물 창고였던 장독대를 그립게 하는 항아리들이다.

요즈음 직장인들에게 점심시간은 어떤 의미를 갖고 있을까? 점심시간이 되어 '오늘은 어디 가서 무얼 먹을까?' 하고 고민하다 물어보면, 대부분 돌아오는 대답은 "그냥, 아무거나."이다. 그럴 때마다 늘 가던 곳으로 발길은 향한다. 그렇게 무리 지어 향하던 발걸음도 혼밥을 즐기는 사람들이 늘어남에 따라 직장의 전통적인 점심 문화에도 변화를 맞이하고 있다. 하루 중 점심시간, 한 시간은 그 누구의 간섭도 받지 않는 자신만의 시간이라는 생각이 점심 문화를 바꿔가고 있다. 점심시간에 간단한 요리나 샌드위치 등으로 배고픔을 달래고, 읽고 싶은 책을 읽는다든가, 쇼핑을 한다든가, 산책을 즐기는 사람들이 늘어가고 있다.

환경에 따라 살아가는 방식도 달라지고 음식 문화도 많은 변화를 가져왔다. 식당에서 음식을 주문하면 으레 매운 정도를 되묻는 경우가 많다. 매운 음식을 좋아하는 신세대들이 많다 보니 빚어지는 현상이라는 생각이다. 외식할 때 아이들이 맛있다고 해서 들러보면, 느끼한 버터나 치즈로 요리한 '퓨전'이라는 단어가 붙은 음식이 많다. '퓨전'보다는 '전통'이란 말이 앞에 붙은 음식이 더 먹고 싶어진다. '추억을 먹고 산다'라는 말이 주는 의미는 무엇일까? 아무리 맛있는 음식이라도 어릴 적에 어머니가 만들어 주셨던 고향의 맛이 최고임을 뜻하는 것이겠지!

어머니가 무채를 썰어 넣고 새콤달콤하게 무친 벌금자리 나물, 맛있게 보글보글 끓여주신 냉이 된장국에 나물을 넣고 싹싹 비며 먹고 있는 어느 봄날의 점심이 몹시 그립다. 입 안 가득히 묻어나는 씀바귀의 쓰디쓴 맛은 구수한 냉이와 달래 향기가 달래주었지. 들마루 옆 마당 한쪽에 걸어 놓은 시루에서는 향긋한 쑥버무리 향이 가슴 깊숙이 파고들고, 자연 그대로의 신선한 맛을 먹고 즐겼던 시절. 봄볕이 따스하게 내리쬐는 들마루에 옹기종기 앉아, 커다란 양푼에 밥을 비벼 먹고 있는 동생들과 나의 모습이 그리운 봄날의 점심시간이다.

장부 달고 밥 먹는 아이들

얼마 전 인터넷 기사에서 '아침밥 주는 아파트'라는 내용의 글을 읽었다. 맞벌이 가정과 욜로족이 점점 늘어가는 추세가 반영한 사회현상이라는 생각이다. 일반적으로 여성들이 여행할 때 느끼는 즐거움 중의 하나는, 나를 위해 누군가 근사하게 차려놓은 아침 식사를 하는 일이 아닐까. 가족을 위해 늘 도맡아 했던 일상적인 일들에서 해방되었다는 홀가분함도 있겠지만, 자신을 위해 차려진 음식들이 '나도 대접받고 있구나!'라고 느껴지며 '자존감'이 높아지는 충만함은 아닐까?

현시대를 살아가는 '엄마'라면 누구나 공감하는 고민 중 하나가 '끼니 문제'일 거다. 그런 고민 중 하나인 아침 식사를 제공하는 아파트라면 누구나 호감을 느끼게 될 것이다. 이러한 기사를 접하니 생각나는 일이 있다. 아이들이 초등학교 시절, 학교급식이 이루어지지 않는 방학이 되면 아이들 끼니 걱정이 이만저만이 아니었다. 돌봐 줄 어른이 집에 계시지 않는 나로

서는 무척이나 난감했었던 기억이 지금도 가슴을 아프게 한다. 겨울방학에는 차려놓은 음식을 전자레인지에 돌려 따뜻하게 먹을 수 있지만, 여름방학에는 '혹시나 식탁에 차려놓고 오면 상하지나 않을까?' 하며 노심초사한 적이 한두 번이 아니었다. 아이들이 밥을 사 먹도록 용돈을 주고 싶지만, 행여 돈을 갖고 다니다 좋지 않은 일이 생길까 걱정이 되기도 했었다. 고민 끝에 내린 결론이 집 주변에 있는 식당을 정해놓고 점심을 먹게 했었다. 먹고 싶은 음식이 매일 바뀔 수 있으니 장부에 먹은 것을 적어놓게 했다.

그렇게 장부를 달고 먹게 한 일이 어떤 면에서는 아이들에게 그릇된 경제개념을 심어준다고 질타를 하는 사람도 있을 수 있다. 그렇지만 그때는 그렇게 하는 것이 최선의 선택이었다. 아이들은 지금도 가끔, 장부 달아 놓고 밥을 먹게 했던 엄마의 기발한 생각이 놀랍다고만 한다. 밥을 먹는다는 것, 한 끼 식사를 한다는 것이 사람이 살아가는데 얼마나 큰 기쁨을 주는가! 사람들이 흔히 하는 말 중의 하나인, '먹고살기 위해 하는 일'이라는 말도 먹는 것에 의미를 말해주지 않는가!

이제 아이들도 자라서 20대를 훌쩍 넘어섰다. 그래도 여전히, 후배 여직원들을 보면 아이들의 끼니를 걱정하고 있다. 아이를 돌봐 줄 친정어머니, 시어머니와 같이 사는 직원들은 그나마 걱정이 덜하지만 그래도 고민거리이다. '장부를 달아놓고 밥을 먹게 하는 일은 결코 나만 겪었던 일은 아니었겠지? 맞벌이 주부들은 요즘도 식당에 장부를 달아놓고 밥을 먹게 하고 있겠지?'라고 생각을 하니 가슴이 먹먹해 온다. 결혼연령이 늦어지고 출산율도 저조하여 인구가 감소하는 문제는 정부뿐만 아니라 각 지방자치단체의 큰 이슈다. 맘 놓고 낳아 기를 수 있는 근본적인 대책들이 필요한 시기에 '아침밥을 주는 아파트'는 내게 너무도 반갑고 흥미로운 소식이었다.

예전과는 달리 요즈음 어머니들은 손자 손녀를 돌보기 싫다고 말씀하신다. 자식 키우느라 힘들었는데 손주 보느라 등허리 못 펴고 살아가고 싶지 않은 마음일 것이다. 복지관이나 문화 센터에서 만나는 어르신들을 보면 노후는 여유 있게 멋진 인생을 살아가고 싶은 마음이 크다는 것을 확연히 느낀다. 시대에 따라 삶의 가치관도 행복의 척도도 달라지니 당연한 변화일 것이다. 이렇듯 삶의 문화는 진화하고 다양화되고 있다. 비혼이 증가하고 출산율이 저조하여 인구 감소가 가져오는 문제는 늘 이슈로 대두되지만 정작, 아이를 맘 놓고 기를 수 있는 환경은 언제 조성될까? '아침밥을 주는 아파트'가 늘어나는데, 엄마는 방학이면 아이들의 끼니를 걱정하고 있다.

아이도 행복하고 부모도 걱정 없는 세상을 그려보는 5월, 가정의 달! 구호에 그치지 않는, 엄마도 가족도 맘 편한 하루하루가 이어지길 바라는 마음이다.

보름달을 바라보며

둥근달을 보며, 계수나무 아래서 방아 찧는 토끼와 함께 많은 상상의 나래를 폈었는데. 지금도 나와 같은 생각을 하는 아이들이 있을까? 한가위 보름달을 바라보며 소원을 빌기 위해 총총걸음을 하는 사람들에게서 어릴 적 나를 읽어본다.

보름달이 뜰 때면 캄캄한 밤하늘에 반짝이는 별들을 세며, 친구들과 달빛 아래서 그림자밟기 놀이를 했던 시절이 엊그제 같다. 무한한 상상의 나래를 펴던 시절이었건만. 지금은 환한 가로등 불빛과 여기저기 번쩍이는 네온들로 밤하늘을 바라보는 것도 잊고 산다. 세계 강국이 앞 다투어 우주산업에 뛰어들고 공상과학이 현실이 되고 있는 우주 시대이니. 달을 바라보는 아이들의 마음도 예전의 나와는 다르리라.

우리의 고유 명절이라고 내려오는 추석도 어찌 보면 풍년을 꿈꾸던 우리의 바람이 만든 세시풍속이지 않을까. 정월대보름이면 농사일을 시작하는 풍년을 바라는 마음을 담아 제를 올리고. 한가위가 되면 가을걷이를 하는 농경시대의 모습을 담은 생활사가 아닐까. 어릴 적 추석 한가위가 되면 햇곡식으로 정성스레 제를 올리던 기억이 아직도 생생하다. 지금은 모든 것이 많이도 변했다. 세상의 흐름에 따라 변해가는 것이 당연지사일 수도 있다.

　달을 바라보는 마음도, 세상을 바라보는 눈도 다르니. 그 다름을 인정해주며 사는 게 당연하다는 생각도 든다. '때가 있어'라는 말이 이제 통용되지 않는 사회인 것을 인정하며 살아가야 하지 않을까. '공부도 때가 있고, 결혼도 때가 있어'라는 말은 이제는 옛말이 된 듯하다. 공부도 내가 하고 싶을 때 하면 되는 것이고 결혼도 내가 하고 싶을 때 하면 되지. 오늘을 살아가는 대다수 젊은이의 생각일 것이다. 나처럼 통념상 규정해 놓은 그 '때'를 맞춰 살아온 사람들은 이해할 수 없을 것이다. 사회는 빠르게 변하고 있으니 말이다. 어쩌면 나도, 어머니의 세대가 보면 그 세대와는 전혀 다른 생각을 하며 살아가고 있을 수도 있다.

　나에게 올 추석은 어느 해보다도 유다르다. 기력이 떨어져 병원에 입원해 계신 시어머님 모습을 바라보니 마음이 아프고,

죽으면 화장해 달라고 당부하는 어머니의 말씀도 나를 애달프게 한다. 나에게는 영영 찾아오지 않으리라 생각했던 일들이 닥쳐오니 마음이 심란하다. 이런 마음을 달래주던 아들도 곁에 없으니 공허한 마음을 휘영청 밝은 달에게 하소연한다. 살아가고 있음을, 나이 들어가고 있음을 힘겨워하는 지를 아는지 모르는지. 만월은 아기의 뽀얀 얼굴보다도 더 해맑은 모습으로 웃고만 있다. 마치 세상 모든 일을 다 겪어본 듯 태연함이 묻어 있다. 자비로운 부처님의 모습 같기도 하다. 한참을 바라보니, 입대를 앞두고 빡빡머리로 해맑게 웃던 보고 싶은 아들의 얼굴처럼 보인다.

이십 대 초 펄펄 끓는 청춘을 군대 가서 보내기 싫다고 하던 아들이, 늦은 나이에 훈련소에 들어간 지 삼 주째다. 보고 싶으면 언제든 달려갔고 목소리 듣고 싶으면 언제든 전화를 했었는데. 그러지 못하는 심정이 되고 보니 군대라는 장벽이 너무도 두껍게 다가온다. 겪어봐야만 아는 걸까. 군대에 아들을 보낸 이 땅의 수많은 어머니의 마음을 조금이라도 이해할 것 같다.

두 눈을 꼭 감고 두 손을 모아 아들의 무해 무탈을 위해 정성스레 기도드린다. 텔레파시가 통하기라도 한 걸까. 건강하고 듬직한 아들의 모습이 달빛에 투영되어 보인다. "엄마, 내 마음

알지"라며 티 없이 맑고 밝은 환한 얼굴로 나를 바라보고 있다. 그 모습을 오래도록 보고 싶은데 부대에서 걸려온 전화를 받을 때처럼 달빛의 흐름이 빠르게만 느껴진다.

어느새 사위는 밝아오고 있다. 이제 일주일 후면 아들이 훈련소에서 퇴소한다. 어두운 밤길을 환하게 밝혀주는 저 보름달처럼. 당당하고 늠름하게 변해있을 아들의 모습을 상상해본다.

배추의 변신

　속이 꽉 찬 고갱이가 먹음직스럽다. 배추 속살인 노란 빛깔은 어떤 맛일까? 입맛을 자극한다. 하나를 뚝 잘라먹어 보니 달콤하고 고소한 맛과 향이 입안을 가득 메운다. 튼실한 배추 덩이들은 갓난아기 달래듯 조심조심 다뤄졌으리라. 잎이 꺾이기라도 하면 큰 병에 걸린 듯 법석이라도 떨었을 테지.

　오늘은 김장하는 날이다. 소금물에 절인 배춧잎들은 온천수에 몸을 푹 담그고 나온 살갗처럼 야들야들 축 늘어져 있다. 적절하다는 것은 어떤 의미일까? 아무리 좋은 반신욕도 너무 오랜 시간 하면 건강에 해가 될 수 있다고 하지 않던가. 큰일을 도모할 때, 적당한 시기와 장소는 그냥 만들어지는 게 아닐 것이다. 심사숙고 끝에 정해진 수고스러움일 것이다. 간이 잘 배게 절여지는 것도 그만큼 사람의 정성이 깃들어야만 가능하리라. 너무 푹 절여지면 짠맛이 강할 테고, 덜 절여지면 배추가 살아 있는 듯 통통거리며 꺾이리라. 이맘때면 어릴 때부터 보아 온 장면들이 눈에 선하다. 김장 날이면 전날부터 배추를 빠개고 손질한 다음, 이른 새벽부터 배추를 뒤척이던 어머니의 모습. 배추 한 포기 한 포기를 골고루 절여, 식구들에게 맛있는 김치를 먹이려는 어머니의 정성으로 변신한 배추들의 모습.

배추 고갱이의 고소함이 입안에서 사라질 즈음. 추억의 파노라마는 사라지고, 잘 절인 배추를 애틋하게 기다리고 있는 김칫소가 눈에 들어왔다. 갖은양념과 야채로 맛있게 버무려진 김칫소로 이제 배추를 치장해 줘야 한다. 배추꼬랑이를 붙잡고 김칫소를 집어넣고, 켜켜이 김칫소를 발라준다. 그다음 한복치마를 감싸 잡듯, 마지막 한 장으로 한 바퀴 돌려 보호막을 치면, 한 포기의 김치로 탄생한다. 절인 배추들이 모두 김칫독에 차곡차곡 들어가 쌓인다. 어머니의 얼굴엔 겨울 채비를 끝냈다는 행복감이 퍼진다. 어머니의 웃음 속에서 또 한 장의 색 바랜 사진이 떠오른다. 김장을 마친 항아리를 묻은 마당 한쪽 김장독들. 지붕 밑 한 편에 빼곡히 들어찬 연탄들…. 수몰돼 가 볼 수도 없는 그리운 고향집 풍경…. 그 사진 한 장이 아침햇살처럼 가슴을 따듯이 녹여준다. 김장 김치는 그때도 지금도 우리에겐 겨울을 이겨낼 수 있는 든든한 원동력이다. 넓은 밭에 아주 탐스럽게 심어져 있는 배추에서도 그 듬직함을 느낄 수 있을까?

김장이 끝나면 달콤하고 매콤한 겉절이로 지친 피로를 풀어 줄 차례다. 푹 삶은 고기에 안성맞춤인 배추 겉절이, 쉽고 빠르게 할 수 있지만, 이만큼 나의 입맛을 달래 줄 수 있는 음식도 없으리라. 밥맛이 없을 때, 갖은양념으로 무친 겉절이 하나만 있어도 입맛을 되찾는다. 그뿐이랴. 라면과 국수와도 궁합이 잘 맞는 음식이 아닐까? 아주 빠르게 사람의 마음을 녹여내는 힘이 있다. 이 또한 배추의 위대한 변신이다.

배추가 또 다른 모습으로 변한 묵은지는 또 어떤가. 오래도록 그 향기를 잃지 않고 은은함으로 다가오는 진국 같은 친구의 모습은 아닐는지. 어떤 식자재와도 조화를 이루어 색다른 맛을 느끼게 하는 기품 있는 맛이다. 오래도록 숙성된 깊은 맛이 "빨리빨리"를 외치는 나의 성급함을 나무라는 것만 같다. 서두르거나 포기하지 않고 목표한 바를 차근차근 꾸준하게 실천해 나가는 삶의 진중함을 깨닫게 한다.

배추의 변신은 내 삶과도 밀접함이 있음을 깨닫는다. 살아오면서 어떤 모습으로 보였을까? 김장김치처럼 사람들에게 힘이 되는 든든한 존재였는지. 아니면 겉절이와 같이 사람들에게 쉽게 동화돼 한 울타리 안에서 살가운 존재로 살아왔는지 돌아본다. 그도 아니면 은은한 향기를 오래도록 피워내는 묵묵함으로 살아왔는지, 본래 나의 모습을 어떻게 치장하며 살아가느냐. 그 결정은 전적으로 나의 몫일 것이다. '이제까지 어떤 사람으로 비쳤을까?'라는 걱정보다는 앞으로 어떤 향기, 무슨 색깔로 살아가야 할지를 고민함이 현명하지 않을까.

손거스러미

　오랜만에 버스를 타고 출근을 한다. 만원 버스에 흔들흔들. 차창 밖으로 보이는 풍경들이 소확행을 주제로 한 영화의 장면들처럼 평화롭다. 대부분 사람은 이어폰을 끼고 눈을 감고 있다. 주변을 둘러보고 난 후의 여유로움이 졸음을 몰고 온다. 스르르 눈을 감고 고개를 끄덕이다가 갑작스러운 굉음에 손잡이를 꽉 움켜잡았다. 온 힘이 몰린 손을 바라보니 손가시들이 보인다. 매끄러운 다른 손가락들과는 달리, 가시가 올라온 손가락에 자꾸만 눈길이 간다. 아주 작은 것들이, 만지작만지작할 때마다 거추장스러운 옷을 입은 것처럼 자꾸 신경을 거스르게 한다. 이럴 땐 얼른 손톱깎이로 정리하면 좋으련만, 참을성이 없어 그냥 손톱을 세워 손가시를 뽑아본다. 살점이 벗겨진 손가락은 고얀 성급함을 탓하기라도 하듯, 이내 발갛게 부어오른다.

　종일 온몸의 말초신경이 손가락에 몰려있다. 별것 아니라 생각했던 것이 시간이 지날수록 화끈거리며 욱신욱신 통증이 심해진다. 며칠이 지나도 손가락은 나을 기미가 보이질 않는다. 화가 잔뜩 난 사람의 얼굴처럼 퉁퉁 부어올라 쌩쌩거리고 있다. 사소한 작은 것이 오래도록 아픔과 고통을 주며 괴롭히고 있다. 손거스러미로 애를 먹으면서, 생활 속에서 행해지는 나의 사소한 말 한마디가 상처를 주고 있지는 않은지 기억을 더듬어 본다. 늘 입버릇처럼 하는 말들, "왜 그것밖에 못 해.", "누군 시험에 붙었다더라.", "맨날 똑같아, 나아지는 게 없어", 칭찬보다는 잘못을 탓하는 말들만 하고 있지는 않았는지 돌아본다. "그래, 잘했어", "노력한 보람이 있네.", "너라서 그렇게 잘할 수 있었어" 등 긍정의 말들을 전하고 있었는지, 살면서 내뱉고 있는 말들이 해피 바이러스가 아닌, 가시가 되어 심장에 콕 박히게 하고 있지는 않았는지 반성도 해본다.

오래전 사소한 말 한마디로 직장 동료와 얼굴을 붉힌 일이 있었다. 대화를 나누다 상충한 의견으로, 화를 누르지 못하고 큰소리를 냈었다. 지금 생각해도 부끄러움으로 얼굴이 화끈거린다. 손거스러미로 얻은 통증은 십여 일이면 아물지만, 한 번 내뱉은 말은 상처가 되어 평생 고통을 줄 수 있음을 깨달았다. 급하게 서두르지 않고 상대의 말을 곰곰이 생각했다면. 상대에게 독毒이 될 말들은 싹둑 잘라낼 수 있었을 텐데, 그랬다면 지금까지 묵직한 돌이 되어 내 가슴을 누르고 있는 불편함은 생기지 않았을 것이다. 상대방도 생각 없이 내뱉은 나의 말들로, 몇 해가 흐른 지금까지도 아물지 않는 아픔을 겪고 있는 건 아닌지, 그때의 일이 손거스러미처럼 자꾸 신경 쓰이게 하고 마음을 불편하게 하고 있다. 만나서 쿨하게 "그때는 미안했어요." 라고 말을 전하고 싶은데. 그런 용기조차도 없는 나를 질책해 본다. 공직을 마감하며 후배 직원들에게 고(告)하는 편지를 읽다 보면 어김없이 눈에 띄는 글들이 있다. "행여 나의 말과 행동으로 상처를 받은 분들은 너그러이 용서하고 이해해 달라"는 인생 선배의 마음을 담고 있다. 지극히 상투적이라고만 생각했었는데, 진정한 용기가 담겨 있는 말에 숙연함이 느껴진다. 나도 모르게 받았을 상처까지 걱정하며 용서를 구하는 솔직함과 진정성이 묻어 있지 않은가. 나로 인해 아픔을 겪고 있음을 알면서도 모른 척하고 있는 비겁한 나 자신과는 달리, 용기를 내어 말하는 선배들에게 박수를 보낸다.

살아가면서 내 마음과 같지 않다고. 나와 같기를 바라며 괜한 설레발치는 일은 없애야겠다. 일란성쌍둥이도 하나의 사물을 볼 때 생각이 다를 수 있는데, 견해의 차이가 있음을 왜 인정 못하고 화를 냈을까. 아무리 사소한 것이라도 의미를 담아 신중하게 접근할 때, 소소한 행복도 누릴 수 있겠지? 아침 버스에서 뜯어낸 손거스러미가 누렇게 곪아 있다. 오늘은 용기를

내서 "그때 그 일은 미안했어요."라고 오래도록 묻어 두었던 내
마음을 그분께 전해야겠다.

인사를 건네는 내 얼굴도, 마음도 행복해지겠지. 그런 날
들이 쌓이고 쌓이면 얼굴도 마음도 웃는 모습으로 행복 가득
한 하트 모양이 될 것만 같다.

세 번째 이야기

슈퍼 초보

　겨울 아침 찬바람이 얼굴을 세차게 때리고 간다. 긴 밤 단잠에 취한 두 눈에 맑은 공기를 주입하기라도 하듯 바람이 시원하게 느껴진다. 눈이 휘둥그레진다. 오늘도 언제나처럼 애마를 타고 안전한 하루이기를 기도하며 출근길에 나선다. 매일 뉴스에 단골로 등장하는 끔찍한 교통사고 모습이, 운전대를 잡은 나의 모든 말초신경을 긴장하게 한다.

　출근길에 쏟아진 자동차들이 긴 행렬을 이루고 있다. 답답함을 느끼며 긴 호흡을 해보았다. 순간, 앞차의 후미에 크게 씌워진 문구에 '빵' 하고 웃음이 터졌다. '슈퍼 초보'라고 쓴 글씨가 너무도 선명하게 눈에 들어왔다. 자그마하고 귀여운 차의 모양과는 달리 대조적으로 크고 힘차게 쓴 글씨가 차보다 더 큼직해 보인다. 이러저러한 일로 우울한 요즈음, 화통한 웃음을 준 차주에게 감사함과 미안함이 드는 아침이다.

온종일 '슈퍼 초보'라는 글씨가 뇌리에서 떠나지 않고 처음 운전대를 잡았던 순간을 떠올리게 했다. 오로지, 앞으로 직진만 하고 좌우를 살피지 못하여 뒤에 있는 운전자들이 경적을 울려대며 추월해 가던 순간들. 마주 오던 차의 운전자들이 삿대질하고 가도, 도무지 영문을 몰랐던 일. 신호 대기 중에 창문을 내리라며, "왜, 대낮에 쌍라이트를 켜고 운전합니까?"라고 핀잔을 받던 일. 그때는 그 사람의 말을 듣고도 당황해서 어떻게 라이트를 끌지 몰라, 쩔쩔매며 결국에는 집까지 그냥 왔던 일. 순간순간 식은땀이 등줄기를 타고 내려갔던 아찔한 기억들이 내게도 있었음을 생각했다.

운전에 좀 익숙해진 언젠가부터 '초보운전'이라고 쓴 차를 보면 차선을 바꿔 앞질러 갔던 순간들이, '개구리 올챙이 적 생각 못 한다.'라는 속담을 떠오르게 한다. 왠지 겸연쩍고 부끄러워 저절로 입가에 쓴웃음을 짓는다.

'슈퍼 초보'라고 쓴 자동차를 본 그날 이후, 차 후미에 새겨진 글을 보는 것이 하나의 취미가 되었다. 너무도 다양한 표현들로 '나는 초보입니다.'라고 자신의 처지를 말하는 글들을 마주하였다. '진짜 진짜로, 초보!', '성질이 무서운 우리 아이가 타고 있어요.', '무조건 직진이에요.', '초보라서 미안해요.', '나도,

내가 무서워요.' 등등. 자신을 보호하고 배려해달라는 문구들은, 바쁘고 삭막한 우리 사회상을 대변하고 있다.

처음 만나고 접하는 대상은 늘 생소하다. 내가 처음으로 휴대폰을 만지게 되었을 때도, 자동차를 처음 운전할 때도, 그리고 새로운 근무처로 자리를 옮겼을 때도. 사물과 사람을 처음 대할 때는 낯섦이 엄습하여 긴장하고 실수를 한다.

처음 상대하는 모든 사물과 사람에게 친숙해지려면 시간이 필요하다. 오랜 만남의 시간이 지속되면 익숙해지며 편안함을 느끼게 된다. 온몸의 신경을 곤두세우고 '초보자'로서 운전을 하던 그 마음을 다시 꺼내, 마음 한편에 잘 모셔 둬야겠다. 능숙하지 못하다고 핀잔하고 탓하기보다는 감싸 안을 수 있는 '배려'라는 따스한 마음을 갖고 살아야겠다.

이제 그동안 익숙했던 공간과 사람들에게서 벗어나 새로운 시작을 해야 하는 시기가 다가온다. 학교마다 졸업과 입학식이 있고, 근무처마다 인사이동도 있는 때이다. 새로운 환경의 출발 선상에 서면, 무엇을 어떻게 해야 할지 막막함과 두려움이 밀려온다.

사람들의 작은 실수에도 "처음엔 다 그래요. 차츰 나아질 거예요."라고 말해줄 수 있는 아량을 나뿐만 아니라, 모든 사람이 갖기를 빌어본다.

　세상의 슈퍼 초보들이여!
　오늘도 당당하게 기지개를 켜고, 날개를 달고 훨훨 날 수 있는 그 날을 위해 파이팅.

다육이

　입춘이 지나니 따스한 햇살이 소곤거린다. 퇴근하려고 책상을 정리한 후 봄을 부르는 창가로 다가갔다. 넓은 창틀에는 자그마한 화분들이 놓여 있다. 젖살이 오른 아가의 볼처럼 포동포동하고 보드라운 다육식물이 눈에 쏙 들어온다. 생동감이 넘쳐흐른다. 옆에 있는 화분은 같은 종류의 다육식물임에도 그와는 정반대의 모양새다. 고단한 삶의 깊이만큼 새겨진 할머니의 주름살과도 같이 쭈글쭈글하고 말라 있다. 두 화분을 바라보니 한 어미에서 나온 자식들도 살아가는 삶의 무게가 각기 다른 것처럼 식물도 매한가지라는 생각이 든다.

　다육식물에 대한 궁금증이 생겨 인터넷으로 검색을 해보았다. 다육식물은 선인장과, 용설란과, 대극과, 돌나물과 등 다양하게 분류하고 있으며 약 2만 종이 있다고 설명이 되어있다. 잎과 줄기에 물을 저장하고 있어 사막이나 비가 매우 적게 내리는 지역에서도 잘 자란단다. 겨울철에는 한 달에 한 번 정도

물을 줘도 되는데, 물이 부족하면 잎이 쭈글쭈글 말라 주의가
필요하다고 씌어있다. 그러고 보니, 두 다육식물 중 탱글탱글
하게 물이 오른 것은 누군가의 보살핌을 받았나 보다. 사람에
게 관심받고 정성스레 자랐음을 외관이 말해주고 있다. 말라비
틀어진 다육식물은 왠지 안쓰럽다. 마른 다육식물을 햇볕이 잘
드는 곳에 옮긴 후 물을 흠뻑 주었다. 포동포동 탱글탱글한 제
모습을 다시 찾기를 바라며. 퇴근하면서 '내일 보자'하고 인사
를 나누었다.

　다음날 아침 '밤새 잘 지냈어?' 하고 인사를 건넸다. 마치,
'어제 물을 실컷 먹어서 만족해요, 고마워요' 하고 말하는 듯하
다. 그 후 나는 틈이 날 때마다 다가가서 이야기를 나누었다.
"오늘은 얼굴에 주름살이 몇 개 없어졌네." 하면, 싱긋 웃는 것
같다. 하루하루 달라지는 모습에 묘한 감동이 밀려온다. 백색
머리 할머니도 건강하게 오래 살면 다시 까만 머리가 나온다는
옛이야기가 기억난다. 주름투성이가 슬슬 물이 올라 통통함을
보인다. 생명력이 참 신기하고 놀랍다. 빽빽하게 달린 잎을 하
나 따서, 화분 빈 곳에 심었다. 다육식물은 꺾꽂이해도 뿌리를
내리는 생명력이 아주 강하다고 들었다. 바라다보고 이야기하
고 관심을 갖고 대하다 보니, 어느새 옆에 있던 포동포동한 다
육식물처럼 통통하게 살이 쪄서 몽실몽실하다. 꽂아 놓은 다육

식물 잎도 살고 싶은 강한 의지를 보이며 뿌리를 내리고 있다. 세상 빛을 본 이상 최선을 다해 열심히 살아보겠다는 각오라도 한 듯 빠르게 변화하는 의지의 다육식물에게 생명의 가치를 배운다.

우주 만물 중 귀하지 않은 게 어디 있을까? 누구나, 무엇이든 존재 이유가 있다고 여긴다. 다육식물이 창가에 있었던 것도 그 필요성에 의해서 일게다. 다육식물은 공기를 정화하는 효과가 있단다. 게다가, 올망졸망한 것들이 귀엽기까지 하니, 사람들이 다육식물을 좋아하는 이유가 아닐까 생각한다. 나도 사랑과 관심을 받고 싶다. 누구에게나 필요한 존재이길 갈망한다. 나뿐만 아니라, 옆에 있는 동료도, 이름을 알 수 없는 다른 누구도 마찬가지일 거라는 생각이다. 우리 모두, 누군가에게 관심받고 사랑받길 원하는 꽃이 아니었던가! 맑은 공기를 선사해 주는 다육식물처럼 우리도 다른 누군가의 마음을 정화할 수 있는 필요한 존재가 되었으면 좋겠다. 이 세상에는 어느 꽃보다도 사람 꽃이 아름답다고 하지 않나.

뜨거운 태양의 사막에서도 꿋꿋하게 살아나가는 다육식물처럼, 끈질긴 생명력으로 삶의 에너지를 태워나가야겠다. 봄 햇살처럼 따스한 마음 잃지 않고, 은은한 향기 담은 꽃으로 살아가고 싶다. 이웃들과 어우러져 살아가는 삶 속에서, 나 자신의 꽃을 활짝 피워가야지. 다른 누군가의 삶을 윤택하게 만드는 사람 냄새나는 꽃으로.

보이지 않는 벽

내년부터 일반인도 국제 우주정거장을 체험할 수 있다는 소식을 접했다. 나와 같은 동시대를 살아온 사람이라면 '은하철도 999'라는 만화를 기억하리라. 사십여 년이라는 세월이 흘렀건만 아직도 노랫말이 입가에 맴돈다. 별나라 여행을 꿈꾸던 상상의 세계가 눈앞에 펼쳐진다니, 그저 놀랍기만 하다. 공상만화 속 이야기들이 차츰 현실로 다가오고 있다.

과학기술의 발달로 아침에 눈을 뜨면 어제의 오늘이 아니다. 내가 감지하지 못하는 많은 변화가 일어나고 있다. 이제는 서서히 그 빠른 변화를 따라가지 못하고 낙오자가 되는 건 아닌지 불안감도 느끼고 있다. 주변에서 스마트폰으로 활발하게 많은 사람과 소통하는 지인들을 볼 때도 그렇고. 지면보다는 컴퓨터라는 공간 안에서 무언가를 끊임없이 만들어내는 사람들을 볼 때도 위기감을 느낀다. '나만이 세상의 변화에 둔하다'라는 생각에 마음은 한없이 위축되고 작아진다. 하루가 다르게 달라지고 있는 세상인데 가끔 TV를 보면 자연인 그대로 살아가는 모습을 보여주는 프로그램에 놀라지 않을 수 없다. 자연과 벗하며 살아가는 모습에서 초연함을 엿볼 수도 있다. 반면에 세상의 변화를 거부하며 은둔한다는 생각이 들 때도 있다. 인공지능 제품들이 쏟아져 나오는 새로운 문명의 현실을 거부하는 건 아닌지…. 급속히 진화하고 있는 세상이란 공간에 내가 설 자리가 없어질 수도 있다는 막연한 불안감, 그 불안감이 있는 그대로를 바라볼 수 없게 하는 건 아닐까. 하나의 기기에 익숙하기도 전에 새로이 진화해 나오는 물질문명의 홍수에 여전히 잘 적응하는 젊은이들을 보며 보이지 않는 벽을 느낀다.

시대를 반영하는 걸까. 직장에서는 벽을 허무는 공간 혁신이 이루어지고 있다. 직원 간 소통을 꾀하고 수직이 아닌 수평을 추구하는 조직 문화의 탈바꿈을 반영한 것이리라. 공간의 벽과 함께 세대 간 보이지 않는 생각의 벽도 깨뜨릴 수 있으면 좋겠다. 세상을 살아가며 갖게 되는 권리와 의무, 그 사이에서 느끼는 보이지 않는 벽들이 얼마나 존재하고 있을까. 우주를 날아가는 꿈을 꾸며 살아온 시대의 사람과 우주를 유영하는 현실을 살아가는 젊은 세대 간 느끼는 문화의 충돌로 서로에게 느끼는 괴리감을 줄여 보려고 하루에 몇 번이고 나 자신에게 '틀린 게 아니라 다름이야'라고 주문을 외운다. 그리고 생각해본다. 제도화한 규정에 어긋나지 않게 권리를 이행하는 자와 그 권리를 이행하는 것을 이해하지 못하는 자 사이의 벽은 무엇일까. 출산휴가와 육아휴직, 육아시간을 이용하는 사람과 이용하지 않는 사람과의 견해 차이도 그 벽 중 하나라는 생각이다. 누릴 만한 이유가 있으니 누릴 수 있는 제도를 만들어 놨고 그 제도를 이행하는데 언제까지 '인정'이라는 말로 정당화하며 탓할 것인가.

출산과 육아가 개개인에게 엄청난 삶의 변화를 불러옴에는 이견이 없지 않을까. 얼마 전 조선왕조실록에서 새로운 사실을 알게 됐다. 지금부터 600여 년 전에 세종대왕이 출산에 관한 제도를 만들어 인권을 보장한 사실이 있었다는 거다. 노비에게 출산 전 휴가 30일, 출산 후 휴가 100일을 주었단다. 거기에다 출산한 산모와 육아를 위하여 남편에게도 30일의 휴가를 주었다는 사실이 놀라웠다. 세종대왕은 철저한 신분 사회에서도 백성을 위하는 마음으로 살다 갔기에 지금까지도 성군聖君으로 추앙받고 있지 않을까.

현실에서도 출산에 관한 많은 복지 제도가 있다. 600여 년 전과 비교할 때 얼마나 나아졌을까. 아무리 좋은 복지 제도가 있어도 맘 놓고 누릴 수 없다면 무슨 소용이 있겠는가. 보이는 벽을 허무는 것도 좋지만 보이지 않는 벽을 깨뜨려 나가는데 마음을 모았으면 좋겠다. 서로 아끼고 위하는, 벽이 없는 행복한 일터를 소망하며 우주정거장에 갈 날도 손꼽아본다.

여행

뙤약볕에 나무들은 생기를 잃어 축축 늘어지고 잎은 바싹 말라 타들어 간다. 연일 지속되는 폭염에 나도 몸과 마음이 지친다. 시원한 바닷물에 풍덩! 상상만 해도 몸을 감고 있는 더위가 한 꺼풀 벗겨지는 느낌이다. 꿀처럼 달콤한 휴가를 얻은 첫날, 길을 나선다. 따가운 햇살과 즐비한 차량에도 짜증은커녕, 라디오에서 흘러나오는 흥겨운 음악에 콧노래가 절로 나온다. 낯선 곳으로의 여행은 언제나 황홀한 설렘이다.

집을 나선 지, 네 시간이 지나니 바다가 보인다. 존재 자체만으로도 환호성이 절로 나오는 바다는 언제나 동경의 대상이다. 파도 소리와 함께 밀려오는 바다 내음은 더없는 향기로움으로 다가온다. 짐을 푼 곳은 32층의 고층으로 바다가 훤히 내다보인다. 넓은 창밖으로 보이는 풍경은 한 폭의 그림이다. 바다엔 태양의 열기를 품은 하늘과 사람들의 행복한 웃음소리가 녹아있는 듯하다. 어디까지가 하늘이고 어디까지가 바다인지 분간이 어렵다. 오래도록 서로를 마주 보고 있어서인지 해운대의 하늘과 바다는 너무도 닮아 있다. 파란 하늘이 투영된 쪽빛 바다는 알록달록한 사람들의 무리로, 거대한 화원을 연상시킨다. 평화로이 노니는 사람들을 바라보고만 있어도 즐겁다. 밀려오는 어둠과 함께 시끌벅적한 인파도 어디론가 사라지고 고즈넉한 바다엔 적막이 흐른다.

　이른 아침 눈을 뜨니 두 척의 배가 시야에 들어온다. 하늘과 수평선과 바다가 작은 우주처럼 만들어 놓은 타원형의 공간 안에 두 척의 배가 유유히 떠 있다. 서로를 바라보고 있던 두 배는 뱃머리를 돌린다. 한 척의 배는 힘차게 물살을 달려 어디론가 향하고, 다른 한 척은 물결 따라 리듬을 타며 춤을 추는 것만 같다. 두 배를 바라보며 망망대해 한가운데 나 자신을 띄운다. 저 멀리 보이는 수평선을 향해 있는 힘을 다해 질주해 본다. 가도 가도 끝이 보이지 않는다. 손이 닿을 듯해서 더 달려가지만 잡히는 게 없다. 아무리 열심히 내달려도 한 바퀴를 돌아 결국엔 제자리로 돌아오고 만다. 지금 내가 살아가고 있는 삶의 모습을 보는 것만 같다. 끝없는 욕심으로 삶을 즐기지 못하는 메마르고 빡빡한 생활에서 벗어나 리듬을 타는 저 배처럼 주변을 둘러보며 낭만을 즐기며 살아가고 싶다.

해풍의 속삭임에 귀 기울이며 방긋 웃어도 주고, 유영하는 물고기들과 해초들에게 말을 건네기도 하며 살아갈 수 있다면 얼마나 좋을까? 그동안 살기에 바빠서 앞만 보고 살았다면, 이제부터는 나와 함께하는 사람들과 조금 더 가치 있는 삶을 찾아 나서야겠다. 조금 더디면 어떤가! 사람이 잘 살고 못 살았는지는 삶이 다해 땅에 묻히는 순간까지 알 수 없다고 말하지 않던가.

얼마나 시간이 흘렀는지, 바다는 은빛 물결로 너울거리고 있다. 거리는 음악에 맞춰 형형색색 화려한 물을 뿜어내는 음악 분수에 몸을 흠뻑 적시며 환호성을 지르는 사람들로 가득하다. 그 무리 속으로 들어가 본다. 뜨거운 태양만큼이나 에너지가 넘치는 삶에 대한 정열이 느껴진다. 직접 보고 느끼는 이 맛을 무엇으로 표현해야 할까? 오감으로 느끼고 체험하며 삶의 지혜를 얻을 수 있는 여행! 사색을 즐기며 대자연과 대화를 나눌 수 있어 삶은 더 여유롭고 행복하다.

목적 없이 발길 닿는 대로 사색을 즐기는 자유로움은 무한한 상상의 나래를 펼쳐준다. 여행의 묘미가 이런 것은 아닐까. 공간의 틀에 얽매이지 않고 하늘과 바다와 대지를 넘나들며 생각의 나래를 펼친 여정이었다. 인생이란 항해를 하는 동안, 내 마음속 깊은 바다에서 싱그러운 향기를 풍기며 추억이란 이름으로 아름다운 선율을 들려주겠지!

아름다운 모습

    공연장을 찾는 사람들에게서 삶의 여유로움이 느껴진다. 오선지에 그려진 음표처럼 가끔은 반 박자 쉬어가며 하늘을 바라볼 수 있는 느긋함이 보인다. 때로는 알레그로로 또 가끔은 안단테로 더없이 버거운 날은 아다지오로 걸어가는 삶이 우리의 인생은 아닐까. 공연 시작 전 예술의전당 로비는 늘 복작인다. 같이 온 사람들과 함께 그 시간을 즐기는 삶의 모습도 다양하다. 공연장을 들어서는 모습에서도 살아가는 삶이 보인다.

    여느 사람들과는 달리 세 사람이 함께 입장하는 모습에 눈길이 간다. 아들 내외로 보이는 사람이 어머니의 팔을 양쪽에서 붙잡고 들어섰다. 어머니는 앞이 보이지 않는 듯 검은 안경을 쓰고 계셨다. '앞이 보이지 않는 어머니가 공연을 볼 수 있을까?' 나도 모르게 그런 생각을 하는 순간 당황했다. 만일 나라면, 어떻게 했을까. 내가 어머니와 같이 몸이 불편한 상황이라면, 또 아들 내외와 같이 몸이 불편한 어머니를 모실 경우라면.

이제까지 느끼지 못했던 감정들이 버겁게 다가왔다. 공연을 즐기러 온 어머니도 아들 내외도 참 멋지다는 생각이 들었다.

드디어 막이 올랐다. 공연장에 울려 퍼지는 성악가의 목소리가 비 온 뒤 반짝 빛나는 햇살처럼 싱그럽다. 지휘자의 손짓으로 출연자와 관객이 함께 만들어내는 마력이 공연장을 가득 메운다. 음악으로 소통하는 사람들의 모습이 '브라보!'를 외치는 소리와 함께 전해진다.

다른 사람보다 좀 더 빨리 걸어가고 싶다고 좀 더 큰 소리를 내고 싶다고. 마음대로 각자의 소리를 뽑아낸다면 사람들에게서 '브라보!'를 외치는 공감은 얻어내지 못하리라. 지휘자의 손짓에 의해 각자의 음역에 맞는 소리를 낼 때, 청중은 박수와 환호를 보낼 것이다. 사람이 살아가는 이치도, 세상이 돌아가는 이치도 마찬가지리라. 지휘자의 동작에 의해 하나가 되는 모습을 보며 편견이 가득한 나의 눈과 마음을 정화시킨다.

다른 분야도 뛰어난 천재들이 많고 생각이 자유로운 사람이 많겠지만, 예술을 하는 사람들이 창조적이고 천재적이고 자유로운 사고를 갖고 있다는 것에 놀란다. 그것도 나의 편견이라면 편견일 수도 있지만 말이다. 그런 자유로운 사고를 지닌 천재들이 앞에서 이끄는 지휘자의 손짓에 의해 들려주는 소리를 들으며 생각에 빠진다. 지금 세계 곳곳에서 일어나고 있는 조화롭지 못한 상황, 내가 살고 있는 이 땅에서의 당파 싸움, 전범 국가로서의 잘못을 반성하지 않고 세계 경제 질서를 어지럽히고 있는 일본. 막강한 힘으로 누르고 지배하려는 미국…. 그리고 내가 실감할 수 있는 공간인 가정에서의 직장에서의 지역에서의 역할을 생각해본다. 각자의 위치에서 자기 몫에 열정을 갖고 최선을 다할 때 가정도 직장도 지역도 하모니를 이루는 음악처럼 들려오겠지.

교향악단의 연주와 성악가들의 콜라보레이션이 여운을 남긴 후, 사람들의 앙코르 소리가 끊임없이 들려온다. 음악이 만들어내는 조화로운 선율처럼 삶의 터전에서 울려 퍼지는 소리도 함께 어우러져 메아리 되어 퍼져 나갔으면 좋겠다. 공연이 끝나고 나오니 힘차게 퍼붓던 소나기도 그치고 바람이 선선하다. 그러고 보니 입추다. 세상 이치에 순응하듯 "절기는 못 속여"라고 말을 건네던 어머니 말씀에 고개가 끄덕여진다.

집으로 돌아와 상념의 시간을 갖는다. 내 주장을 펼치느라 나의 목소리에 날을 세우지는 않았는지. 불협화음으로 누군가에게 고통과 아픔을 주지는 않았는지. '어머니는 다리가 아프니 공연 보는 걸 싫어해'라고 내 마음대로 단정하지는 않았는지. 나만의 생각으로 결정하고 그릇된 편견으로 세상을 바라보고 있지는 않았는지….

어릴 적, 흥얼흥얼 부르시던 어머니의 노랫소리가 귓가에 맴돈다. 나도 어머니 손잡고 공연장을 찾아봐야겠다. 어머니와 함께 공연장을 찾았던 아들 내외의 아름다운 모습에 가슴이 훈훈해진다.

역주행

뉴스가 전해주는 역주행 사고 현장의 모습은 언제나 놀라운 비극이었다. 언제부터인가 그 단어는 카오스의 세계로 나를 빠뜨리고 있다. 흘러간 시간을 좇아 잊었던 사람을 찾아내고 그리운 지난날을 불러낸다. 그리고 모두가 열광한다. 그러한 현상을 '역주행'이라는 단어로 표현하고 있다.

좋아하는 가수에게 소리치고 환호하는 노년층의 모습이 TV 화면을 채우고 있다. 팬클럽은 젊은이들의 상징이라 여겼던 내게는 신선함이다. 똑같은 색상의 티셔츠를 입고 머리에는 가수의 이름을 쓴 머리띠를 하고 즐거워하는 모습, 천진난만한 꿈 많은 청년의 모습 그 자체이다. 고생스럽던 젊은 시절에 누리지 못했던 인생을 즐기는 여유로움으로 다가온다. 반면에 젊은이들은 꿈을 찾아가기보다는 취업이라는 난관에 부딪혀 열심히 사투하고 있는 모습으로 클로즈업된다. 지금 살아가고 있는 사회를 그대로 풍자한다.

노년층이 살아가는 모습을 보면 평생교육의 힘이 아닐까 하는 생각을 한다. 그동안은 방법을 몰라서, 기회를 놓쳐서 몸을 움츠렸지만. 마음만 있으면 무엇이든 배울 수 있는 환경이 만들어져 있다. 칠십 평생, 글을 몰라 답답해했던 분들이 고등학교에 다니며 행복해하는 걸 본 적이 있다. 학교에 다니니, 그림도 그리고 시도 써서 발표할 수 있어 너무도 좋단다. 함박웃음으로 이야기할 때는 꿈 많은 소녀의 표정이었다. 이제는 젊은 시절 꿈을 가슴속에만 곱게 접어놓고 애태우는 사람은 없지 않을까. 노인 세대가 점점 늘어나고 변화하는 노년층의 놀이 문화를 보면 노년 시대라 해도 과언이 아닌 듯하다. 젊은 날 펼쳐보지 못한 꿈을 마음껏 발산하는 모습을 보며 내 미래를 그려본다.

　언제나 마음먹은 대로 꿈꾸는 대로 할 수 있는 여건은 만들어졌는데, 마음이 문제다. 매년 뜻하는 대로 살아가기가 왜 이리 힘든지. 바람을 꽉꽉 가득 채워 부풀어진 풍선처럼 하늘을 높이 날아가고 싶은데, 벌써 시들시들 바람 빠진 풍선이 되어버렸다. 이 핑계 저 핑계 많기도 많지만. 갑자기 찾아온 불청객인 코로나바이러스가 몸을 움츠리게 한다. 코로나바이러스가 내게 전해주는 의미는 역주행이다. 첨단산업, AI를 말하고 무인시스템으로 살아가는 세계가 있는가 하면 그러하지 못한 환경도 있다는 것을 잊고 살았다. 언제나 동전의 양면처럼 세계는 펼쳐지고 있다. 잘 뻗은 고속도로에서 쾅 하고 터지는 굉음으로 코로나바이러스는 역주행으로 다가온다. 쭉 뻗은 고속도로에서 짐을 가득 실은 소달구지와 최첨단 시스템으로 장착된 최고급 자가용의 충돌 장면처럼 충격적이다.

한 단어가 전해주는 의미와 매스컴이 사람들에게 전해주는 파급 효과는 엄청남을 느끼고 있다. 모두 역주행이라는 단어로 마케팅을 한다. 시대를 앞서갔다는 점을 강조하며 예전에 흥행하지 않았던 것을 불러내어 인기를 끌어낸다. 같은 시대를 살아온 사람들에게서 추억을 소환하여 흥미로운 장면을 연출하고 있다. 유행은 돌고 도는 것이다. 모든 매스컴이, 무엇을 이슈화하여 인기를 얻어내는 것이라 하지만 정확한 정보를 전달해줘야 하는 것도 매스컴의 몫이 아닐까. 인기에 연연하여 고민하지 않고 생각 없이 만들어내는 분별없는 언행이 계속 거슬린다. 역주행을 대체할 수 있는 단어는 무엇일지 고민해야 하지 않을까.

디지털 시대가 역주행하여 아날로그 시대와 충돌하는 것이 아니라. 디지털 시대에 아날로그적 사고를 입힐 수 있었으면 하는 바람을 가져본다. 마음이 풍요롭고 인간미가 느껴지는 세

상, 내가 힘들었던 때를 생각하며 누군가에게 도움의 손길을
내줄 수 있는 초심은 잊지 않고 살아갈 수 있길 바라며. 역주행
이란 의미를 되새겨 본다.

인사

인사이동으로 자리를 옮겨 아직 자리 잡지 못한 마음은 어수선하기만 했다. 아침마다 건네는 "안녕하세요. 좋은 아침입니다"라는 익숙지 않은 목소리가 낯설었다. 하루 이틀 사흘이 지나도 늘 한결같은 고음의 소프라노 목소리가 아침의 고요를 깬다.

처음 대면하는 데도 서슴없이 밝은 인사를 건네며 건강 음료를 권한다. 그럴 때마다 '남의 사무실에서 어쩜 저렇게 아무렇지도 않게 농담을 섞어가며 말도 잘할까'라면서 속 좁은 내 마음은 그 사람에게 거리를 두고 경계하라는 방어 태세의 신호를 보내왔다.

이상하다. 중독이 된 걸까. 시간이 지날수록 아침마다 들려오던 그 목소리를 듣지 않으면 하루의 출발점이 없어진 듯했다. "오늘도 힘차고 활기차게 건강한 하루 보내세요!"라고 외치는 함박꽃처럼 환하게 웃는 얼굴을 기다리게 됐다. 이제는 큰 소리로 "안녕하세요. 좋은 아침입니다!"라고 외치는 소리가 "오늘도 열심히 시민을 위해 최선을 다하세요."라고 힘을 실어 주는 응원으로 여겨졌다. 어느 해부터인가. 시간의 흐름이 완만하게만 느껴지던 나이 곡선이 너무도 빨리 흐름을 깨닫고 있다. 그렇게 나이를 먹어도 내가 가진 성격은 변하질 않는가 보다. 마음 수양이 부족한 탓인지, 상대의 순수한 마음을 읽지 못하는 어리석음을 범하고 있다. 건강 음료를 전달하며 내게 다가오는 사람을 '나에게 접근하는 이유가 있는 거야'라고 선입견을 품고 대했던 태도에 고개를 숙인다. 한 달 두 달이 지나고, 한 달씩 쳐서 다섯 손가락을 꼽을 정도의 시간이 흘렀어도 여전히 변함없는 목소리와 웃음, 상냥함과 친절에 절로 미소를 띠고 행복해한다.

살다 보면 내 의도와 상관없이, 선입견으로 곡해를 해서 일을 그릇되게 판단하는 경우가 종종 있다. 아무리 설명을 해도 잘못 입수된 정보로 마음의 빗장을 열려고 하지 않는 난감한 일을 만나기도 한다. 얼마 전 거버넌스에 대한 교육을 받은 적이 있다. 거기서 만난 퍼실리테이터와 이야기를 나누며, 역시 진실은 통함을 알았다. 오랜 시간 이어진, 큰 이슈가 되었던 사업을 추진하면서 공무원에 대한 인식이 바뀌었다는 얘기를 들었다. 시민들과 머리를 맞대고 늦은 시간까지 일을 처리해가는 변함없는 열정에 대한 칭찬이었다. 보이지 않는 곳에서도 묵묵히 최선을 다해 노력하는 사람들이 있기에 세상이라는 수레바퀴는 멈추지 않고 돌아가고 있지 않을까.

이제 한 장 남은 달력이 마음을 초조하게도 하고 뜨겁게 달구기도 한다. 한 해의 고마움을 담아 건네는 인사와 새해를 맞이하는 마음으로 기쁜 인사를 건네는 시기이기도 하다. 마음에서 우러나지 않는 인사일지라도 받으면 좋고 건네면 더없이 좋은 게 인사가 아닐까. 인사를 먼저 건네지 못하는 것은 수줍은 개인의 성격 차이도 있겠지만 연습이 되지 않은 이유도 있을 거라는 생각이다.

처음 만난 사람에게 인사를 먼저 건네는 것도 용기가 필요하겠지. 만나는 사람에게 먼저 인사할 수 있도록 크게 소리 내어 연습해야겠다. "안녕하세요. 행복한 하루 보내세요!", "올해도 수고하셨습니다!", "건강하고 희망찬 새해맞이하세요!"라고 인사를 건네는 내 얼굴도, 마음도 행복해지겠지. 그런 날들이 쌓이고 쌓이면 얼굴도 마음도 웃는 모습으로 행복 가득한 하트 모양이 될 것만 같다.

나이 마흔이면 자신의 얼굴에 책임을 져야 한다는 말이 있
듯. 내가 살아가는 모습을 내 얼굴에 고스란히 담아내고 있을
터인데. 한 줄의 주름살부터 얼굴에 녹아드는 인상이 내 삶을
말해주는 것이리라. 위대하고 멋진 화가의 작품을 보고 감탄하
기보다는 내 삶을 노래한 작품인 내 얼굴을 보고. '훌륭하구나.'
라고 말할 날을 위해 오늘도 먼저 반갑게 인사를 건네야지. 오
늘도 "안녕하세요. 좋은 아침입니다!"라는 인사가 아침의 적막
을 깨우고 간다.

세포 속 물질을 다 내보내고 영원불멸의 삶을 사는 규화목과 같은 삶은 한순간에 이루어지는 삶이 아니리라. 타인을 배려하며 자신의 모든 것을 베풀며 고요히 평생을 살아가며 쌓아 올린 순간들이 모여 만들어낸 흔적들이리라.

네 번째 이야기

늘 아름다운 오늘
덤으로 배우는 삶
냄새와 향기
돌이 된 나무
시골 낭만
시선
무릉도원

늘 아름다운 오늘

첫 발령을 받은 동사무소에 근무하면서 많은 심적 갈등을 겪었다. 처음 출근한 날, 밤 10시에 퇴근하고 그다음 날부터는 밤 12시에 퇴근을 했다. 택지 개발로 인하여 업무는 끊이지 않고 날이 갈수록 계속 늘어만 갔다.

지금처럼 주민등록 업무가 전산화가 되지도 않은 터라 낮에는 종일 복사하는 발급 업무를 했다. 퇴근 후에는 낮에 쌓아놨던 카드를 제자리에 꽂고 주민등록증 발급 등 잔무를 처리했다. 그렇게 1주일을 근무하고 나니 입술에 물집이 생기고 피곤이 밀려왔다. '이런 일을 하려고 대학을 다닌 건 아닌데.' 하면서 심한 좌절감과 우울함으로 많은 방황을 하게 됐다.

자연히 민원인을 대하는 태도도 짜증 섞인 목소리였다. 원칙에 어긋나는 민원을 요구하는 사람에게는 사정도 들어보지 않고 먼저 거부 의사를 표했다. 업무 처리 기준이 있어 발급에 정당하지 않으면 딱 잘라 말하면 되는 줄 알았다. 그 결과 사람들은 융통성이 없다고, 냉정하다고, 불친절하다고 비난했다. 얼굴엔 웃음보다는 사무적인 딱딱함이 굳어지고 마음은 조급했다.

많은 민원으로 시끌벅적한 어느 날, 한 아주머니가 딸의 손을 잡고 찾아왔다. 옆 사람들의 눈치를 보며 머뭇머뭇하다가 사람들이 하나둘 빠져나가자 조용히 다가와서는 눈물을 흘렸다. 간절하게 무언가를 말하고 싶은 표정에서 딱함과 연민이 느껴졌다. 아주머니의 얘기를 들어보니 남편이 매일 술 먹고 들어와 살림을 부수고 폭력을 일삼는단다. 그래서 주소를 옮겨가야 하는데 전입한 주소를 남편에게 알려주지 말라는 부탁이다. 그러나 세대주가 세대원이 옮겨간 주소를 알고 싶다면 알려주는 것이 원칙인지라 그럴 수 없다는 말밖에 할 수 없었다. 퇴근 후에도 아주머니의 잔상이 '원칙'과 '소신'이라는 충돌로 머리와 가슴을 아프게 했다.

며칠이 지났을까, 퇴근 무렵 한 아저씨가 술에 취해 와서는 집을 나간 부인이 어디로 주소를 옮겨 갔는지 확인해 달라고 했다. 바로 그 아주머니의 남편이라는 것을 직감으로 느꼈다. 원칙을 준수하자던 생각과 상관없이 입에서는 주소를 옮겨가지 않았다는 말이 순간적으로 나왔다. 그 순간을 마무리하려고 이러저러한 변명을 늘어놓았다. 그 말을 듣고는 그럴 리가 없다고 업무처리도 못 하는 직원이라며 욕설로 소란을 피웠다. 이를 지켜보던 선배 공무원이 그분을 면담하고 이해를 시켜 조용히 돌아갔다. 방어하려고 말만 앞서던 나와는 달리 이야기를 끝까지 들어주고 맞장구를 쳐주는 선배 공무원의 노련한 자세를 보면서 놀랐다. 언제 저렇게 능숙하고 세련된 업무 처리를 할 수 있을까. 마냥 부럽고 존경스러웠다. 선배공무원의 노련한 일 처리는 하루아침에 다듬어짐이 아니었다. 시민을 위하는 봉사하는 마음의 자세임을 알게 됐다. 그렇게 공직에 들어 첫 멘토를 만나게 됐다. 사람이 살면서 좋은 멘토를 만난다는 것은 인생에 있어 더 없는 행운이다. 사고와 행동의 바로미터인 단 한 사람의 스승을 만나고, 또다시 누군가의 삶의 기준을 정해줄 수 있는 사람으로 살아간다면 성공한 인생이지 않을까.

상대방의 마음을 읽을 줄 안다는 것은 입을 열어 말하기보다는 귀를 열어 상대의 말을 들어주는 훈련에서 나온 결과라는 것을 깨닫게 됐다. 서비스를 받는 시민의 입장에서 생각하다 보면, 좀 더 나은 아이디어가 나오고 질 좋은 행정을 펼칠 수 있게 된다는 것도 경험했다. 세상을 살아가면서 가장 중요한 사람도, 가장 소중하게 생각해야 할 사람도, 인연의 만남이다. 시민들은 공직자의 서비스를 받는 상대로 나와 가장 가까이에 있는 사람들이라는 것을 깨달았다.

공무원이 되기 위하여 대학 생활 내내 도서관에 앉아 시험공부를 한다는 소식을 매스컴을 통해 자주 듣는다. 너도, 나도 공직에 들어선 걸 자랑스러워한다. 공직에 발을 딛는 후배 공무원들에게 전해주고 싶은 말이 있다. "열정을 갖고 시민에게 봉사하라" 그러기 위해 선배 공무원들과의 소통으로 많이 배우고 느끼고 경험하라는 것이다. 각자의 자리에서 열심히 일하고 있는 신규 공무원의 모습을 보면서, 번뜩이는 머리가 아닌 끊임없이 노력하는 마음의 자세가 중요함을 강조하련다.

순자의 노마십가駑馬十駕를 말해주고 싶다. 준마의 하룻길을 아무리 느리고 둔한 말도 열흘이면 갈 수 있다. 열심히 노력하다 보면 언젠가는 행정의 달인이 될 것이라고. 그날은 시민이 항상 웃음 짓고 행복해하는, 늘 아름다운 오늘이다.

덤으로 배우는 삶

아침부터 미세먼지로 우중충하다. 봄꽃에 취한 듯 들뜬 흥겨움마저 뿌연 하늘의 무게에 짓눌려 가라앉는다. 목이 간질간질해온다. 아침저녁 쌀쌀한 공기에 감기가 오려나 보다. 먼지를 씻는 데는 돼지고기가 좋다는 속설을 굳게 믿고 있는지라, 퇴근길 정육점에 들렀다. 주인장이 고기를 손질하는 동안 옆에 있던 아저씨는 갖가지 야채를 듬뿍 담아주셨다. 게다가 맛 좋게 생긴 무 한 개를 덤으로 넣어주셨다.

집에 돌아와 펼쳐보니 삼겹살 먹을 때 필요한 야채며 쌈장까지 들어있었다. 싱싱한 상추는 기본이고 깻잎, 양송이버섯, 파, 고추, 마늘에 파무침 양념장까지 있다. 무심코 들른 정육점에서 환대를 받은 듯, 횡재를 맞은 듯 기분이 업 되어 환호성이 절로 나왔다. 덤으로 얻은 무에 눈길이 멈춘다. 무의 무궁무진한 변신이 가져다준 행복했던 시간이 펼쳐진다. 봄날 친구들과 논두렁에 앉아 뜯었던 벌금자리, 무와 함께 새콤달콤하게 무쳐

푹 퍼진 보리밥에다 냉이 된장찌개 넣고 썩썩 비벼 먹었던 추억이 오래된 사진첩이 되어 다가온다.

여름날 더위에 입맛을 잃었을 때는 밥을 물에 말아 무장아찌 하나 얹어 먹으면 꿀맛이었다. 물이 약간 있게 담근 섞박지도 일 년 내내 입맛을 돋워주었다. 가을이면 얼음이 살짝 언 동치미 국물에 말아 먹었던 국수도 행복한 포만감을 가져다주었다. 추운 겨울이 오기 전 동네 아주머니들이 둘러앉아, 수북하게 쌓아놓은 배추로 김장을 한 후 얼큰한 동탯국에 몸을 녹였었다. 그때 큼직하게 썰어 넣었던 무가 너무도 달콤한 기억으로 남아있다. 그 기억으로 지금도 동태보다는 푹 익은 무만 찾는다.

김장철이면 땅을 파서 김장독을 묻고 한옆에 깊게 판 굴에 무를 저장해 두었다. 아침마다 구덩이 속에서 꺼내 아버지가 깎아 주셨던 무는 너무도 시원하고 달콤한 꿀맛이었다. 체기滯氣가 있을 때 먹으면 소화도 잘되어 소화제가 따로 없었다. 무 하나에 어린 시절 추억이 새록새록 떠올라 입가에 미소를 짓는다. 덤으로 얻은 무 하나가 커다란 행복을 느끼게 한다.

무는 사시사철 무한한 변신으로 입을 즐겁게 하고 마음도 살

찌웠다는 생각이다. 너무 흔해서, 언제나 볼 수 있어서 귀한 줄 모르고 살아오지는 않았는지 돌아본다. 있는 듯 없는 듯, 늘 함께했던 사람이 어느 날 갑자기 내 곁을 떠나는 나이가 되었다. 그러고 보면 지금 나와 마주하고 있는 사람에게 최선을 다하는 삶이 얼마나 중요한가. 무심코 던진 말 한마디가 상처를 주지는 않았는지, 늘 습관처럼 한 행동이 무례함으로 다가가지는 않았는지, 기본적인 원칙만 내세울 게 아니라, 무엇을 더 원하는지 고민을 하며 살아왔는지, 생각해본다. 정육점 주인이 고기만 팔면 될 거라고 생각해왔는데, 고기를 구워 먹을 때 필요한 갖가지 야채를 함께 넣어주는 것은 손님을 배려하는 마음이 아니었을까. 좋은 고기를 파는 것은 물론이고 손님이 필요한 것이 무엇인가를 고민했다는 방증도 되겠지. 마음이 후덕한 정육점 아저씨에게서 삶의 철학을 배운다.

기본원칙과 규정만 내세울 게 아니라, 시대의 흐름 속에서 사람들이 원하는 요구를 읽고 변화시켜가야 함을 깨닫는다. '예전에는 그랬어.'보다는 '이제는 이렇게 하는 것이 어떨까'를 고민하게끔 한다.

옛것이 그리운 것은 그만큼 내 삶에 편하고 익숙함이 아닐까. 내 삶에 익숙하다고 해서 새로운 것을 받아들이지 않는다면 빠르게 변화하는 환경에 적응이 어렵겠지. 익숙함 위에 새로움을 더하는 마음, 그 마음이 손님의 요구를 읽어내는 후덕한 삶을 가져다준 것이리라. 나는 사람들에게 무엇을 덤으로 줄 수 있을까.

냄새와 향기

    짙푸른 초록의 향긋함이 코끝을 간지럽힌다. 어릴 적 이맘때면 친구들과 토끼풀꽃을 갖고 놀았었다. 변치 말자, 꼭꼭 서로의 우정을 약속하며 꽃반지를 끼워주었다. 예쁜 꽃시계도 만들어 서로의 손목에 채워주고 거기에 맞는 우아한 목걸이도 걸어주던 추억이 향기가 되어 가슴속 깊이 파고든다. 그리움만큼 진한 향기가 또 있을까. 그리운 소꿉친구 향기에 취하니 스르르 눈이 감긴다.

    얼마나 지났을까. 발소리에 눈을 떠보니 멋스럽게 치장한 하얀 푸들이 옆에 서서 도도한 코를 킁킁거리고 있다. 함께한 주인의 외모와 어쩜 그리 닮았는지 웃음이 절로 나온다. 산책하기 좋은 계절이다. 우리 집 막내 가을이도 늠름함을 뽐내며 신나게 밖에서 뛰어놀면 좋을 텐데 집안에만 갇혀있다. 며칠 동안 축 늘어져 시무룩하니 밥도 안 먹고 투정 부리는 생각에 마음이 심란해진다. 부쩍 살도 빠져 보이니 그냥 두었다간 무슨 일이 생길 것만 같다. 서둘러 가을이가 좋아하는 사과를 사 들고 집으로 향했다. 평소엔 들어가자마자 졸졸 따라다니더니 힘이 없는지 쳐다보는 둥 마는 둥 시큰둥하다. 얼른 사과 하나를 꺼내 들었다. 어찌 알았을까. 녀석은 코를 벌름거리며 빨리 달라고 웅 웅 거리며 재촉한다. 한 번 먹어보고 제 입맛에 딱 맞았는지 빨간 사과만 보면 꼬리를 흔들며 얼굴에 화색이 돈다. 먹기 좋게 썰어 준 사과 하나를 눈 깜짝할 사이에 먹어 치운다.

　가을이가 그렇듯이 요즘 나도 좋아하는 향기가 있다. 이른 아침 빵 가게 앞을 지날 때면 아침밥을 거른 배를 꼬르륵거리게 만드는 빵 굽는 내음. 그보다 더 좋은 것은 조용히 보슬비가 내리는 날 은은히 풍겨오는 커피 향이다. 비 내리는 날. 유리창에 흘러내린 빗방울들의 연주 소리에 맞춰 손가락 튕기며, 하루 종일 커피숍에 앉아 노는 일은 더없이 즐겁다. 넓은 유리창 너머로 오가는 사람들을 바라보는 일도 빼 놀 수 없는 즐거움이다. 다양한 표정과 걸음걸이에서 사람들이 살아가는 인생의 향기를 느낀다.

　바삐 뛰어가는 사람, 느릿느릿 걸어가는 사람, 작은 우산 속에서 어깨동무하고 가는 사람, 비를 맞으며 우산으로 장난하는 개구쟁이에게서도 풋풋한 향기가 느껴진다. 다양한 모습으로 지나가는 사람들의 표정 속에서 삶의 고단함과 편안함도 엿본다. 사람에게는 각자 살아가는 삶의 향기가 녹아있음을 말해주고 있는 듯하다.

얼마 전 관람한 '기생충'이라는 영화의 한 장면은 많은 것을 생각하게 한다. '냄새'라는 단어가 주는 의미와 전개되는 사건이 소름 돋게 했다. 냄새와 향기는 어떤 의미를 지닐까를 진중히 생각해 보았다.

사람마다 얼굴도 다르고 손과 발의 생김새도 다르듯이 마음에서 우러나오는 향기도 다를 텐데. 나는 타인에게 어떤 향기로 기억되고 있을까. 아니, 영화에서 말하듯 냄새일까? 두 단어가 주는 어감은 같은 듯해도 분명 다름이 있다. 내가 무심코 사용하고 있는 단어들이 누군가에게 비수가 되어 꽂힌다면…. 생각만 해도 무섭다. 영화에서 "무슨 냄새야"가 아닌 "무슨 향기일까"라고 말했다면 어떤 상황으로 전개되었을까, 상상의 나래를 펴본다.

켄 블랜차드의 '칭찬은 고래도 춤추게 한다.'라는 책이 있다. 익히 아는 이 말에서 말의 위력이 얼마나 대단한지를 알 수 있다. 어릴 적 선생님이 던져준 칭찬 한마디로 싹을 틔웠다는 대성한 문학가와 예술가의 이야기를 통해서도 느낄 수 있다. 내가 지금 쓰고 있는 말이 내 옆에 있는 누군가에게 코를 막게 하는 좋지 않은 냄새로 전해질 것인지, 아니면 상큼하고 달콤한 향기로움으로 전해져 오래도록 간직하고픈 그리움으로 남을 것인지 돌아본다. 멀리 보이는 우암산 산기슭에서 녹색의 싱그러움과 청아한 새소리가 전해주는 부드러운 하모니를 한 방울 떨어뜨린 커피를 마시며 사색에 잠긴다.

돌이 된 나무

　제법 굵은 나뭇가지가 길가에 떨어져 있다. 며칠 동안 퍼부은 비바람에 잘렸는가 보다. 신록의 계절에 쭉쭉 자라지 못하고 땅에 덩그러니 놓여 있는 모습이 가엽기만 하다. 처량하게 누워 있는 나무의 빛깔과 생김새가 어린 시절 추억을 떠올려준다. 방학이면 교실 난로 땔감을 구하기 위해 친구들과 함께 산에 오른 적이 있었다. 솔방울을 줍기도 하고 산등성이 이곳저곳을 헤매다가 운 좋게 고주배기를 발견하기도 했었다. 그럴 때면 꼭! 꼭! 숨겨놓은 보물이라도 찾은 양 무척 좋아했었다. 깊숙이 묻혀있던 기억들이 한 조각 한 조각 퍼즐처럼 맞춰지며 향수를 불러온다.

　오래도록 잊고 살았던 '고주배기'라는 단어가 입안에 맴도는 동안 미동산 수목원에서 만났던 규화목이 선하게 다가온다. 규화목을 처음 대했을 때, 그 단단함과 엄청난 무게로 나무라고는 생각할 수 없었다. 나무나 사람이나 죽으면 흙으로 돌아가는 줄만 알았는데 나의 무지였나 보다. 이렇게 또 다른 모습으로 영원불멸의 돌이 되리라고는 상상조차 할 수 없었다. 잘린 채 거리에 나뒹구는 나무가 있는가 하면 전시실 한편에서 사람들의 눈길을 사로잡는 규화목도 있다. 같은 죽음을 맞이했건만 너무도 다른 모습이 앞으로 세상을 어떻게 살아나가야 할지 고민하게 만든다.

규화목에 대한 궁금증으로 인터넷 검색을 해보았다. "규화목은 나무가 진흙이 많은 갯벌, 습지나 화산재, 모래 등에 빠르게 묻히면서, 세포 속에 있던 성분은 녹아 다 빠져나가고 지하에 용해되어 있던 광물질이 세포 하나하나에 흡수되어 단단한 광석으로 변화한다."라고 알려주고 있다.

어떤 광물질이 침투하느냐에 따라 색깔도 검정, 초록, 노랑, 분홍, 파랑 등 다양하지만 줄기 조직, 구조, 나이테 등의 형태는 그대로 보존되어 있음을 설명하고 있다. 대부분의 규화목은 평균 약 1억 년 전, 중생대인 2억 6천 5백만 년 사이에 만들어진 게 대부분이란다. 나무나 사람이나 생화학적 작용에 의해 서서히 분해되어 흙으로 돌아가는 것으로만 알고 살았던 나로서는, 죽은 후에 새 생명을 갖고 태어난 규화목은 큰 놀라움이었다.

나무의 세계뿐 아니라 생명체가 있는 모든 삶은 참으로 다양한 듯하다. 사람도 마찬가지 아닐까. 소리 없이 살다가는 지극히 평범한 사람이 있는가 하면, 악으로 평판이 높은 사람도 있다. 용감무쌍 의리 있는 사람이 있는가 하면, 명석하고 지혜로운 사람도 있다. 하드웨어의 기능은 같은데 어떤 소프트웨어를 우리 마음, 심보에 넣고 살아가느냐가 우리 삶의 지표를 만드는 게 아닌가! 지금까지도 우리에게 회자하고 있는 수많은 선과 악의 대표성을 띠는 사람들을 생각해 보라. 세포 속 물질을 다 내보내고 영원불멸의 삶을 사는 규화목과 같은 삶은 한순간에 이루어지는 삶이 아니리라. 타인을 배려하며 자신의 모든 것을 베풀며 고요히 평생을 살아가며 쌓아 올린 순간들이 모여 만들어낸 흔적들이리라. 그 흔적들이 사람들에게 희망의 씨앗을 뿌리며 대대손손 이어지는 게 아니겠는가!

그저 하루하루를 만족하며 편안함과 행복을 추구하는 하루살이 삶처럼, 어쩌면 요즘 내가 그렇게 살아가고 있는 건 아닌지 반성을 해본다. 구불구불 험난한 길을 피해 반듯하게 뚫린 지름길만을 걸으려는 나약한 내가 아니었나. 세찬 비바람을 만나면 몸을 웅크리고 먼저 안식처로 피하려고 하는 기회주의자는 아니었나. 돌이 된 나무를 떠올리며 나 자신을 반성하고 채찍질한다. 황량한 들판에서도 거친 풍랑 속에서도 꿋꿋하게 나아갈 힘을 길러야지 다짐해 본다.

　요즈음 사람들은 너도나도 살기 힘든 세상이라 말한다. 어렵고 힘들수록 삶의 목적을 뚜렷하게 정하고 인생을 항해해 나갈 때, 흔들림 없이 전진해 나갈 수 있지 않을까? 선善과 악惡, 미美와 추醜, 어떤 삶으로 살아갈 것인지 미동산 수목원 규화목이 내게 묻는다.

시골 낭만

늦은 퇴근길, 따가운 햇살을 집어삼킨 어둠이 짙게 내린 들판에서 개구리울음 소리가 정겹게 들려온다. 갓길에 차를 세우고 내렸다. 개구리 합창 소리에 벅차오른 가슴은 빵빵해진 풍선처럼 터질 듯하다. 얼마 만에 들어보는 소리인가.

소리에 심취한 나는 타임머신을 타고 그 옛날 어릴 적, 문의면 덕유리 새말을 향해 날아간다. 이제는 대청호에 잠겨 갈 수도 없는 곳이 되어버린 할머니댁 마을 어귀에 안착한다. 거기서 미루나무 신작로를 따라 작은 발걸음으로 한참을 걸어가면 둥구나무 한 그루가 반갑게 맞아주었다. 어른들은 둥구나무 아래 그늘에 앉아서 농사일로 흘린 비지땀을 걸쭉한 막걸리 한사발에 씻어내고, 나는 친구들과 따끈하고 포실한 감자를 나눠 먹으며 이야기꽃을 피웠다. 할아버지들이 짚으로 새끼를 꽈가며 콧노래를 부르던 모습들도 선명하게 다가온다.

멍석 위에서 곤하게 잠든 손주를 위해 열심히 부채질하는 할머니의 모습도 눈을 꽉 채운다. 주마등처럼 흘러간 지나간 추억들이 고향의 진한 그리움으로 밀려와 온몸을 감싸준다. 저녁 나절 앞마당에 자리한 평상에 누우면 깜깜한 밤하늘에 빼곡히 박혀있던 별들이 내 얼굴로 우수수 떨어질 것만 같았었다. 반짝이는 별들을 세며 옥수수 하모니카를 불던 그리운 시절의 추억으로 개구리 합창 소리가 그 어느 때보다도 감미롭다.

드높이 올라간 시멘트 건물들 틈에서 무감각해졌던 온 신경이 작은 풀벌레의 움직임에도 민첩하게 반응한다. 풋풋한 풀 향기에 수많은 세포가 통통 뛰는 듯, 상큼하고 발랄함이 느껴진다. 어쩌면 늘 마주하던 것들임에도 보지 못하고 지나쳤을 수도 있다. 주변의 작은 것들을 바라볼 수 있음은 퇴근길 여유로움이 가져다주는 선물일 것이다. 항상 그 자리에 머물러 있던 미호천조차도 색다른 맛으로 다가온다. 늘 오가던 길이건만 강 건너 멀리 보이는 화려한 불빛이 현실로의 회귀를 재촉하는 듯 오늘따라 더없이 환한 빛으로 다가와 나를 삼키려 한다.

개구리 합창 공연을 끝까지 함께 하지 못하고 집으로 향하는 아쉬운 마음을 며칠 전 서울 북촌에서 만났던 참새와 채송화를 떠올려 달래 본다. 어릴 적 흔히 보았던 참새를 이젠 집 근

처에서는 볼 수가 없다. 꽃밭 맨 앞줄에서 작은 몸으로 피워낸 꽃이 앙증맞게 예뻤던 채송화도 흔히 볼 수 없다. 먼 옛날 그리운 추억의 한 장면으로 기억될 뿐이었는데 옛것이 고스란히 남겨진 북촌마을에서 만날 수 있어 놀라웠다. 가끔 어릴 적 시골 풍경이 그리울 때면 청주에서는 그래도 옛 풍경이 잘 보존되어 있다고 평하는 수암골에 들르곤 한다. 하지만 수암골에서도 느낄 수 없는 정겨움이 서울 북촌 그곳에 있었다. 자꾸만 늘어가는 카페들과 많은 차량으로 도시의 번화가가 된 수암골을 보고 얼마나 많은 아쉬움이 밀려왔는지 모른다. 사람도 마음 놓고 거닐 수 없는 도심 한복판의 거리를 대변하는 듯 서로 엉켜있는 차들을 보면 고향을 빼앗긴 것처럼 서글퍼지기까지 했다. 고향을 잃은 나 같은 사람을 위해 '옛것을 그대로 보존하면 좋을 텐데'하는 바람이 밀려왔다. 예스러움과 현대의 미美를 더한, 균형과 조화가 이루어진 공간 창출로 남녀노소 누구나 쉽게 찾고 마음을 달랠 수 있는 공간을 꿈꾸어 본다.

나이가 들어갈수록 손때 묻은 것들이 정겹다. 반듯하게 깎은 듯 정형화된 건물보다는 소박하고 자연미가 넘치는 용마루가 있는 초가집과 기와집이 좋다. 끝없이 높아가는 고층 건물 틈에서도 나지막하게 자리한 시골 낭만을 느낄 수 있는 고향처럼 푸근함이 깃든 집과 나무와 꽃과 새들을 만났으면 좋겠다. 새

로운 환경에 적응하는 것도 좋겠지만. 추억 속에 빠져들 수 있
는, 정겨운 냄새가 피어나는 공간에서 밤하늘의 반짝이는 별들
을 보며 옥수수 하모니카를 불어보고 싶다.

시선

내가 근무하는 예술의전당 앞에 깃발들이 힘차게 펄럭인다. 며칠간 내 머릿속은 혼란스럽다. 같은 높이로 서 있어야 할 게양대가 어느 한쪽이 낮아 보였다. 많은 날을 그 자리에 오래도록 서 있었을 텐데, 그리고 많은 사람이 보고 지나갔을 텐데, 왜 그냥 두었을까. 이상하다는 생각이 자꾸 들었다.

혼자 고민한다고 해결될 일이 아니란 생각에 동료에게 넌지시 얘기를 꺼냈다. 내 눈에는 저 게양대 높이가 다르게 보이는데 동료의 눈에는 어떻게 보이는지 궁금했다. 동료는 아무렇지도 않게 크게 웃으면서 내 팔을 잡고 게양대 정면으로 향했다. 그곳에서 바라본 게양대는 높이가 똑같았다. 옆에서 바라본 게양대는 어느 한쪽이 높아 보였지만 정면에서 바라보니 같게 보였다. 갑자기 얼굴이 확 달아오르고 나 자신이 한없이 작게 느껴졌다. 직접 사물을 보고 느끼는 눈도 어느 위치에서 바라보는가에 따라 다르게 보일 수 있음을 잊고 살았다. 왜, 한 번도 다른 방향에서 바라보려고 생각하지 않았을까. 그동안 살아오면서 얼마나 많은 왜곡된 눈으로 그릇된 판단을 하고 오해를 하며 살아왔을까. 진실을 외면하고 나 편한 대로 사물을 바라보고 사람들을 대하고 살아왔다는 생각에 한 발짝도 움직일 수가 없었다. 갑자기 등줄기에서 식은땀이 축축하게 흐르는 듯했다.

소통하며 살아간다는 건. 눈으로 보는 것만이 아닌, 마음의 눈으로 바라보고 그 사람의 마음을 읽을 수 있어야 가능한 일이 아닐까. 앞에 놓인 사물도 제대로 인식하지 못하는 눈을 갖고 있다면 얼마나 어려운 일이겠는가. 사물을 바라볼 때 나처럼 그릇된 각도에서 바라보고 옳지 않다고 한다거나, 선입견을 품고 그릇된 판단을 한다면 소통은 절대 쉽지 않으리라. 편견으로 사물을 바라보고 오판을 한다면 접점을 찾지 못하고 끝끝내 평행선만 그리다 말 것이다. 어떤 편견도 없이 올바른 시각으로 바라볼 때 서로의 의견도 존중하며 이해하고 받아들일 수 있지 않을까. 서로의 다름을 인정하면서 서로에게 도움이 되는 방향으로 변화해 나갈 때 사회의 발전도 가져오리라. 같은 생각을 하는 사람끼리만 살아간다면 사회의 변화와 발전 속도는 무척 더딜 수 있을 것이다. 다른 생각을 하는 사람이 많을수록 서로 다양한 의견을 주고받고 그러다 보면 더 살기 좋은 사회가 되지 않을까.

대부분의 사람은 이제까지 늘 해오던 습성대로 살아가기를 원한다. 어떤 제도가 바뀐다든지 새로운 환경에 접하면 "지금까지도 잘 살아왔는데, 왜, 또 무엇 때문에 바꾸려고 해"라는 말들로 변화를 거부한다. 지구가 태양을 돌듯이 사회도 멈춰 서있으면 안 되고 계속 돌아가야 하지 않을까. 지금 당장은 번거롭더라도 새로운 것이 옳고 타당하다면 바꿔나가고 변화를 추구하는 것이 현명하다는 생각이다. 가끔 언론을 통해 관행적으로 이루어진 일로 사람들에게 눈총을 받는 일을 접하곤 한다. 물론 좋은 일이라면 따가운 시선을 피할 수 있겠지만 대부분 잘못된 관행이기에 질타를 받곤 한다. 잘못된 관행은 바로잡아야 함에도 그 이해 당사자가 누구냐에 따라 결코 쉬운 일은 아니다. 그렇다고 그릇된 관행을 그대로 두고 바라봐야 할까?

　코로나 19로 온 세상이 우울한 요즘은 딸깍딸깍 잘 맞물려 돌아가던 시계 침이 고장이나 컴컴한 어느 한순간에 멈춘 듯하다. 마음 놓고 숨을 쉴 수도 없는 상황 속에서도 세상을 바라보는 시선은 참으로 다양하다. 지금 이 어려운 순간에 꼭 필요한 물건을 사재기하여 부를 축적하려는 사람도 있고, 돌봄의 손길이 부족한 곳으로 의료봉사를 떠나는 사람도 있다.

어떤 시선으로 세상을 바라봐야 하는가. 그건 나의 몫일 것이다. 왜곡되지 않은 올바른 시선으로 사람들을 대하고 세상을 바라볼 때 오늘과 같이 어려운 상황을 하루라도 더 빨리 종지부를 찍을 수 있으리라. 모두가 살아가기 힘든 지금이다. '희망'이라는 단어를 가슴에 품고 이겨내어, 서로 활짝 웃는 얼굴로 반갑게 마주할 수 있길 고대해 본다.

무릉도원

사방이 고요하다. 차들이 빼곡히 차지하였던 너른 주차장이 텅 비었다. 배흘림기둥과 처마 선이 외부 조명으로 그 멋들어짐을 더 뽐내고 있다. 산등성이처럼 유연하면서도 기품 있게 서 있는 모습이 내 마음을 빼앗아간다.

예술의전당이라 쓰인 글씨가 오늘따라 더없이 선명하다. 대공연장 앞에서 포즈를 취하며 아름다운 모습을 담아내려는 사람들의 모습도 눈에 띈다. 웅장함과 안정감 있는 볼륨으로 곡선의 멋을 살린 배흘림기둥을 만져보고 싶은 마음에 다가가 본다. 민얼굴에 살포시 화장을 드리운 새색시의 볼처럼 황홀한 자태를 뽐내는 모습에 반하지 않을 사람이 있을까? 대공연장 앞에 서니, 정면 우측에는 우암산을 배경으로 화려한 단청 속에서 단아함을 뽐내고 있는 천년대종이 눈에 들어온다. 21세기 새천년을 우리 손으로 열어가기 위한 기상을 담아 청동 21t으로 만들었다는 대종의 울림이 둥~둥 힘차게 들려오는 듯하다.

좌측으로 눈길을 돌리니 직지교 앞에서 불을 뿜어내는 용의 모습이 보인다. 국보 제41호인 성안길에 있는 용두사지 철당간의 모습을 복원한 철당간의 용두는 어디를 바라보고 있는 걸까. 하늘의 달빛과 용에서 뿜어내는 불빛이 비춰주는 직지교를 거닐면 어떤 감흥으로 다가올까. 선녀가 된 기분일까. 구름 속에서 노니는 선녀의 모습을 상상하며 옆으로 눈길을 주니 커다란 고서가 엎어져 펼쳐져 있다.

현존하는 가장 오래된 금속활자 본인 직지에서 영감을 받아 제작했다는 '직지 파빌리온'이다. 가야금을 뜯으며 노래하고 춤추며 노니다가, 시 한 수 읽던 우리 선조들의 모습을 그려본다. 그리고 그 옆에는 일제강점기의 독립운동가이자 사학자로 한국 근대 사학의 기초를 확립한 단재 신채호 선생의 동상이 자리하고 있다. 고즈넉함 속에서도 달빛에 물든 소나무가 신채호 선생의 기개氣槪를 말해 주듯 푸르르다. 새 천 년을 향해 염원하는 기운이 나를 향해 다가와 온몸을 감싸는 듯하다. 황홀하다 못해 벅차다. 혼자서는 감당하기 힘든 아름다움을 느끼며 무아지경에 빠져든다. 한복을 곱게 차려입은 여인의 우아한 걸음으로 계단을 내려와 천천히 전당 주변을 걸어본다.

평소에는 그냥 지나쳤던 하나하나의 사물들이 눈에 들어온다. 이곳에 자리한 것 중 의미를 담고 있지 않은 것이 어디 있을까. 곳곳에 있는 것들 모두가 뜻을 담아 나온 작품인 것을. 소중함을 모르고 살아왔다. 일 년 내내 예술의전당 공연장에서는 청중을 사로잡는 향연이 펼쳐진다. 때로는 웅장한 교향악과 부드러운 하모니로, 때로는 신명 나는 흥거운 리듬과 절제된 춤사위로 관객을 매료시킨다. 많은 예술인의 발길도 끊이질 않는다. 오늘도 소공연장에서는 시한부 삶을 사는 어머니와 그런 엄마를 방관했던 두 딸의 절규하는 모습을 그린 연극이 관객들의 눈을 발갛게 했다. 기쁨과 슬픔을 오가며 카타르시스를 느꼈으리라. 혼신을 다한 열정으로 꽃 피우는 공연은 나를 웃게 하고 울게 하고 힘을 갖게 하고 꿈을 키우게 한다. 예술의전당 전시실에서는 나의 눈을 호강시키고 마음을 평안하게 하는 작품들이 기다리고 있다. 우암산을 가려면 건너야 하는 무심천은, 이곳 예술의전당에서 흘려보내는 예술혼으로 넘쳐 한시도 마르지 않으리라. 예술의전당은 곳곳에 마음의 양식이 될 수 있는 각종 예술 곡식들로 가득 채워져 있다. 매일 먹어도 비워지지 않는 곳간들은 나를 기다리고 내 친구를 기다리며 이웃을 반갑게 맞이한다.

얼마나 시간이 흘렀을까. 인적이 끊긴 가을 밤하늘에 별들이 총총하다. 배흘림기둥에 기대어 조용히 눈을 감는다. '무릉도원은 먼 곳에 있는 게 아니야. 지금 네가 있는 곳이 천국이야'라는 소리가 들려오는 듯하다. 눈을 뜨고 살포시 바라보니 이곳이 내게는 무릉도원이다.

미끈거리는 돌들을 밟으며 몸을 쓰러뜨릴 것만 같은 세찬 물
살을 가르며 계곡을 건너는 작은 모험을 통해 도전하는 자의 승
리감을 경험했다.

다섯 번째 이야기

나를 찾아 떠난 휴가

파천에서의 단상

나답게

피리와 기타

가을을 버무리다

점멸등

늦더라도 멈추지 말자

나를 찾아 떠난 휴가

하루라는 시간을 내 맘대로 사용할 수 있다면 얼마나 좋을까. 직장생활을 하지 않는 주부를 막연하게 동경했다. 시간이라는 틀 속에 얽매이지 않는 진정한 자유인이요. 여유 속에 삶을 즐기는 축복받은 존재라고 여겼다.

몇 년만 더하고 그만두어야지 했던 직장 생활은 이제까지 살아온 생의 절반을 넘었다. 매일 긴장되는 바쁜 일상에서 벗어나 삶의 여유를 찾고 새롭게 도전하고 싶다는 간절함은 커져만 갔다. 마음이 통했는지 일 년의 장기 교육을 받게 되었고 짧지 않은 나만의 시간을 즐길 수 있는 휴가를 얻는 행운도 찾아왔다. 그냥 하루하루를 아무런 계획 없이 맘 편히 보내야겠다는 생각이었다. 늘 마음속으로 그리던 주부의 여유를 누려보리라 생각했다.

시간에 얽매일 필요가 없는 혼자만의 날들을 하루 이틀 보내니 '이건 아닌데'하는 지루함이 밀려왔다. 이 허무함은 뭐지? 아무것도 하지 않고 빈둥거리는 나 자신에게 화가 났다. 목적 없이 사는 삶이 행복하기보다는 초라해 보였다. 남루한 옷을 입고 들판 한가운데 쓸쓸히 서 있는 영혼 없는 허수아비 같았다.

'남의 떡이 커 보인다.'라는 속담이 있듯이 막연하게 부러워하고 동경한 건 아닌지를 반성하며, 남은 시간을 좀 더 의미 있게 보내야겠다는 각오로 계획표를 짜 봤다. 수필 쓰기, 영어와 한국사 공부, 책 읽기, 할 것도 많다. 여느 해보다 푹푹 찌는 무더위에 계획대로 시간을 알차게 보낼 수 있을까 하는 걱정이 앞섰다.

어린 시절 방학이 되면 제일 먼저 계획표를 짜서 벽에 붙여놓았던 일이 기억난다. 어느 것 하나 실천하지 않고 있다가는 방학이 끝나기 하루 전에 몰아서 일기도 쓰고 못다 한 그림 그리기 숙제를 언니한테 해달라고 조르기도 했었다. 아무리 잘 짜인 계획도 실천에 옮기지 않으면 쓸모없음을 누구나 다 알 것이다.

학창 시절을 떠올리니 꿈 많던 스무 살 시절이 그립다. 시험기간이 되면 도서관 자리 잡으려고 아침 일찍 집을 나서던 기억이 생생하다. 순간 '그래 이거야'라며 쾌재를 불렀다. 쇠뿔도 단김에 빼라고 가방에 책들을 주섬주섬 담았다. 도서관에 가야겠다는 생각으로 어느새 발걸음은 빨라지고 가슴이 벅차올랐다.

도서관은 방학인 데도 공부하는 젊은 열기로 후끈거렸다. 책을 보는 젊은이들 틈 속에 앉아 있으니, 학창 시절로 돌아간 듯 풋풋함이 되살아났다. 오랜만에 느끼는 충만함이다. 목적을 갖고 계획을 실천하는 삶이 주는 행복이다. 오래도록 손을 놨던 영어 공부를 하며 세계 일주를 꿈꾸는 상상의 나래도 펼쳐본다. 마음의 풍요를 주는 책 속에서 영감을 얻어 짬짬이 글을 쓰는 여유로움과 즐거움으로 하루는 짧기만 했다. 오로지 나만을 위한 계획을 짜고 실천하는 뿌듯함이 안겨주는 이 달콤함을 어디서 느껴 보겠는가!

젊은 시절 도서관에 앉아 있을 때는 '어떤 모습으로 살아갈까?' 하며 미래에 대한 막연한 모습을 그리는 어설픔이었다면, 지금은 확실한 미래를 꿈꾸며 설계하는 성숙함이 있다. 세월이 가져온 원숙함이다. 어느 삶이 더 행복한 삶이고 어떤 사회가 더 살기 좋은 사회인지 젊은이들의 얼굴을 바라보며 생각해 본다. 모든 사람이 꿈과 희망을 잃지 않고 자신들의 삶을 계획하고 실천해 나갈 수 있었으면 좋겠다.

오늘도 젊은이들 사이에 앉아 책장을 넘긴다. 나이 오십을 넘기고 보내는 도서관에서의 알찬 휴가가 이제 얼마 남지 않은 퇴직이라는 큰 물결을 차분하게 받아들일 수 있게 하리라 기대해 본다. 나를 찾아 떠난 휴가가 가져다줄 행복한 미래를 그려 본다.

파천에서의 단상

　햇살이 빗살처럼 번지던 날, 길을 나섰다. 계절마다 다른 풍경을 하는 화양계곡이 오늘은 신록의 물결로 몸과 마음을 파랗게 물들이며 다가온다. 편안하게 앉아 이야기하는 가족의 단란함과 아름다운 자연의 경치를 화폭에 담고 있는 화가들의 낭만이 여유롭다.

　푸르름에 몸과 마음을 맡기고 걷는 화양동 산책길은 오랜 만남을 지속해온 친구처럼 포근하고 다정스럽다. 세월을 말해주는 큼직큼직한 바위들과 주변 절경을 둘러보니 발걸음이 마냥 가볍다. 반복되는 하루하루의 일과에 쫓겨 지친 심신이 푸른 나무의 향을 마시며 새롭게 충전되어 감을 느낀다.

　아! 상쾌하다. 길을 따라 걸어 올라갈수록 더 수려한 풍경들로 다가오는 화양구곡을 걸으며 삶을 생각해 본다. 인생길도 이렇게 탄탄대로면 좋으련만, 지나온 시간을 돌아보니 굽이굽

이 넘을 때마다 화창하기보다는 구름 낀 날이 더 많았다. 화양
구곡의 절경 중 절경인 너른 바위들이 눈앞에 펼쳐진다. 얼마
나 깎이고 갈아내야 저 바위들처럼 선이 부드러워질까. 긴 세
월 비와 바람에 깎이고 마모된 둥글넓적한 바위들에서 듣는다.
끊임없이 갈고닦는, 노력하는 삶만이 보석과 같은 아름답고 영
롱한 빛을 발할 수 있다고….

'파천'이란 글씨가 새겨진 바위가 보인다. 용의 비늘을 꿰어
놓은 것처럼 보여 파천이라 부르며 신선들이 이곳에서 술잔을
나누었다는 전설이 내려오는 바위다. 흐르는 물에 발 담그고
있는 사람들의 모습이 보인다. 어디에 자리를 잡을까. 그런데
주변에서 제일 크고 넓음에도 아무도 차지하지 않은 바위가 계
곡 건너편에 보인다. 아마도 물을 건너야 하는 곳에 있어서 인
가보다.

신발을 벗고 바지를 걷어 올리고 물속으로 들어갔다. 물살
이 제법 세게 느껴졌다. 조심조심 계곡을 건너가서 너른 바위
에 닿고 보니 그곳이 바로 천국이었다. 넓디넓은 쉼터와 햇살
그리고 맑은 물소리…. 바위틈 사이에 만들어진 작은 폭포수에
발을 담그고 눈을 감았다.

물살의 리듬에 장단을 맞추니 발의 피로도 눈 녹듯 사라졌다. 조금은 따갑게 느껴지는 높은 햇살을 온몸에 받으며 바위에 두 다리 쭉 펴고 두 팔을 벌리고 누웠다. "와~ 이곳이 천국이야. 이렇게 마음이 편하다니." 몸이 자연과 하나 되는 느낌이 들며 연신 감탄사가 쏟아진다. 인생의 긴 여행 중 절반에 들어선 지금, 이곳 파천에서 안락함과 평화를 느껴본다.

흠~ 행복하다. 물소리가 들려주는 교향곡을 들으며 신천지가 펼쳐지는 상상을 해보았다. 아무도 모르는 신대륙에 들어선 느낌인들 이보다 벅차고 위풍당당할까. 무릎까지 차오르는 거센 물살을 헤치고 건너오는 수고로움을 하지 않았다면 이런 만족감을 누릴 수 없는 일이다. 여느 사람처럼 가까이 보이는 아무 바위에 자리했다면 어찌 느낄 수 있었으랴. 황홀한 감동이다. 대단한 일은 아니지만, 미끈거리는 돌들을 밟으며 몸을 쓰러뜨릴 것만 같은 세찬 물살을 가르며 계곡을 건너는 작은 모험을 통해 도전하는 자의 승리감을 경험했다.

나이가 들면서 오래도록 옆에 남는 친구가 그리웠다. 이제 새로움으로 다가온 수필이라는 친구가 있어 행복하다. 마음을 열고 내면의 감정과 느낌을 표현할 수 있어 기쁘다. 삶을 반성하며 남은 인생길에 마르지 않는 화양구곡의 물과 같은 감성이 충만하게 넘치면 좋겠다. 앞으로 남은 인생길이 화양구곡처럼 아름다운 절경만 있는 것은 아니리라. 더러는 어둡고 무서운 밤길을 걸을 수도 있고, 때로는 험난한 풍랑을 만나 파도 속에 생명의 위협을 느낄 때도 있겠지….

마음을 나눌 수 있는 새롭게 만난 친구와 인생 구곡을 걸어가는 이야기꽃을 피우며 오손도손 나누고 싶다. 파란 하늘 위에서 크게 날갯짓하는 새처럼. 바위틈에서 세차게 쏟아지는 폭포수처럼. 지금, 이 순간 파천 절경이 전해주는 자연의 노래처럼. 내 인생이 농익어 가길 꿈꾼다. 화양구곡 곳곳에서 끊임없이 들려오는 청아하고 시원한 물소리로부터 인생길의 답을 얻는다.

나답게

태풍이 지난 후 산등성이를 타고 올라가는 운무가 마음 설레게 한다. 고깔모자 쓰고 하얀 장삼 걸친 여인이 사뿐사뿐 발걸음 내디디며 승무 춤을 추는 듯하다. 나풀나풀 날리는 장삼 자락에서 은근히 풍겨오는 향내에 흠뻑 취한 듯 황홀함에 빠져 눈을 살며시 감는다. 운무는 산꼭대기 봉우리와 하늘을 연결하는 구름다리 같다. 하늘로 오르는 운무를 붙잡고 올라가 구름에 앉아 보고 싶다는 목마름에 가던 길을 멈춰 선다.

얼마나 시간이 흘렀을까? 회색빛 먹구름 속에 몽실몽실 하얗게 피어오른 구름이 갓난아기의 보드라운 얼굴로 부끄러운 듯 고개를 내밀고 있다. 그 속에서 햇빛을 품은 쪽 빛 파란 하늘이 무척이나 신비롭다. 찬란한 태양의 밝은 빛을 품은 파란 하늘과 솜털 뭉게구름, 회색빛 구름이 묘한 조화를 이루며 떠 있다. 내가 기억하는 가을 하늘은 사파이어를 머금은 푸른 바다처럼 맑고 드높은 하늘이었건만, 거센 바람과 함께 휘몰아쳐 쏟아진 비 갠 가을 하늘은 특별한 무대를 연출하고 있다. 잿빛 구름에 가려진 쪽빛 하늘은 마치 "나 좀 바라봐 줘. 내가 가을 하늘이야"라고 말하고 있는 듯하다. "이제까지 가을 하늘은 맑고 드높은 파란 하늘, 나의 무대였어. 가을을 상징하는 것은 나야"라며 회색 구름을 밀어내려고 애쓰는 것처럼 보인다. 새털, 양탄자, 솜털, 물결, 회오리바람, 하트 모양과 같은 글로 형언할 수 없는 다양한 모상貌相의 흰 구름, 파란 하늘이 있어 더없이 아름답게 보이는 건 아닐까? 내가 돋보이기 위해서는 나와 함께하는 사람들이 있어야 하듯이 자연도 같은 원리가 존재하는 것이리라.

요즈음 자주 하늘을 올려다본다. 가끔은 두둥실 흘러가는 뭉게구름 타고 여행하는 상상에 잠기기도 한다. 들국화 피어있는 산길도 걷고 코스모스 피어있는 들길도 걷다 보면 소녀 시절로 돌아간 듯 미소가 절로 피어난다. 알록달록 물든 단풍 물결과 누렇게 물든 황금 들판을 만나면 마음도 넉넉해진다. 벼를 베고 난 논에서 친구들과 이삭줍기하던 동심으로 돌아가기도 한다. 구름 한 점 없는 맑은 날을 '가을 하늘답다'라고 여기며 살아왔는데, 언젠가부터 그 하늘을 잊고 살았다. 하늘도 바라보는 여유를 갖고 살아야 하는데, 늘 고개를 숙이고만 살았다. 무엇 때문일까? 오늘따라 '답다'라는 단어가 주는 의미가 묵직하게 가슴속으로 밀고 들어온다. '공무원답다', '딸답다', '엄마답다'가 뜻하는 것처럼 '나답다'라는 말을 곰곰이 생각해본다. '나답다'를 어떻게 표현해야 할까? 그동안 살아온 내 인생길에서 만난 사람들에게 나는 어떤 모습, 무슨 색깔의 사람으로 각인되어 있을까. 솜털같이 보드라운 구름일까? 아니면, 넓게 펼쳐져 편안함을 줄 것 같은 양탄자 모양의 구름일까? 거칠게 불어오는 회오리 모양의 구름일까? 사랑스러운 하트 모양의 구름일까? 이런저런 생각을 하다가, 과연 나만의 색깔을 갖고 살아오긴 한 걸까? 가을을 보내고 있는 마음이 복잡해진다. 연령에 맞게, 가정에서나 직장에서 그 위치에 알맞은 언행으로 '나답게' 살아감의 소중함을 깨닫는다. 우리는 모두 '나다움'을 인정받기를 원하며 살아가고 있지 않을까? 그 나다움을 인정받지 못할 때, 나답게 살기를 원하는 자유를 억압받을 때, 목소리를 낼 수 있는 용기가 필요하겠지!

'나답게'란 어떤 상황에서도 소신 있게 행동하는 것이 아닐까? 세상은 빠르게 변화하고 있다. 그 변화에 적응하려면 쏟아지는 정보에도 관심을 두고 지식을 습득해야만 한다. '알아야 면장을 하지'라는 속담이 있듯이, 시민을 위한 행정을 펴 나가려면 끊임없는 노력을 해야겠지! '내가 아는 만큼 시민은 행복해진다'라는 내 생각을 다시 한번 마음속 깊이 새겨둔다. 햇빛을 품은 쪽 빛 하늘을 바라보며, 그 속에 숨어있을 나만의 색깔을 찾아본다.

피리와 기타

가을이 절정으로 달리고 있다. 노란 은행잎이 소복하게 쌓여 있는 길을 걷고 싶다. 산길을 걸으며 울긋불긋 물든 단풍에 흠뻑 취해보고도 싶다. 무심히 걷던 길에서 정갈하게 가꾼 한옥에 감을 깎아 걸어 놓은 풍경이 정겹게 다가온다. 가을이면 더없이 그리워지는 것들이 있다. 오늘도 황금물결이 사라진 논에서 친구들과 벼 이삭을 줍고 뛰놀던 어린 나를 그리며 심한 가을 몸살을 앓는다.

'이제 나도 나이가 들어가는구나….'라는 생각이 든다. 가을을 타며 술렁이는 마음을 부여안고 공연장을 향한다. 우리의 멋들어진 가락은 언제나 들어도 흥겹다. 온몸으로 신명 나게 장구 치는 모습은 언제나 변함이 없다. 뭐가 그리 좋은지 싱글벙글 머리를 흔들며 두 팔을 휘젓는 소리에 절로 몸이 움직인다. 가을 몸살에 열이 끓던 몸은 어느새 흥에 취해 들썩인다. 그리고 이어지는 공연은 피리와 기타의 만남이다. 국악과 양악의 만남 고전과 현대의 만남이다. 한복을 곱게 입고 피리를 든 연주자와 기타를 메고 앉은 연주자의 모습은 눈에 익지 않다. 어떤 소리를 만들어 낼까 조바심을 하고 귀를 기울인다. 피리를 부는 소리에 살며시 뜯어주는 기타 줄 소리가 제법 잘 어울린다. 너무 튀지 않게 뜯어내는 소리는 거문고를 뜯는 소리와는 색다른 맛이지만 묘한 맛을 느끼게 한다. 겉만 보고 피리와 기타가 어울릴까 하고 의구심을 가졌는데 오산이었다.

살면서 그렇게 겉모습만 보고 판단하는 경우가 종종 있다. 어느 날 카페에 앉아 있을 때 우락부락한 모습의 남자와 예쁘고 귀여운 여자가 들어섰다. 참 안 어울릴 것 같은데 앉아서 미주알고주알 얘기를 나누는 모습을 보며, '천생연분이구나'라는 생각이 들었다. 물론 그와 정반대의 모습도 종종 본다. 외모가 출중한 멋진 남자가 얼굴은 그다지 눈에 띄지 않는 평범한 모습의 여자와 다정하게 걸어가는 모습을 볼 때도 있다. 또 다른 경우는, 체격이 무척 좋아 보여 목소리도 우렁차고 거칠 것 같은데 오히려 목소리는 개미 소리 같고 수줍어하기까지도 한다. 그 반면에 작고 가녀린 모습으로 보호 본능을 갖게 하는데 목소리도 힘차고 당당한 모습인 경우도 있다. 살아오면서 겉모습만 보고 편견을 갖고 사람을 대한 적은 없었는지 반성을 해본다. 시끄럽게만 들리는 사투리 소리에 '그 사람 고향은 어디 일

거야'라는 생각으로 사람 성격을 판단하려는 생각, 외국인의 얼굴 생김과 피부색으로 멀리하려는 경우 등등. 아직도 없어지지 않는 선입견을 어떻게 지워야 할까 고민도 해본다. 내가 이런 선입견으로 사람을 대하는데 타인도 나를 그렇게 대하지 않을까? 내가 누군가를 진심으로 대하지 않는데 어찌 나를 온 마음으로 대할까.

사람이 세상을 살아나가는데 어찌 홀로 살아갈까. 사람들과 어울리며 함께 더불어 살아가는 것이 인생길이 아닌가. 말로는 선입견을 버리고 사람을 동등하게 대하자고 하지만 그 마음이 그리 쉽게 변하지 않는 것을 어찌하랴. 지금껏, 어릴 적부터 매겨지는 성적에 아등바등 살아온 탓은 아닐까? 잘 사는 기준이 무엇인지. 지천명이라는 길에 접어들어선지 오래 건 만 아직도 오리무중이다. 연말이 다가오니 여기저기서 자신의 성과에 대한 결과에 열을 올린다. 열심히 살고 그에 따른 튼실한 열매도 얻는 조화로운 조직을 이루어 내는 사회를 꿈꾸어본다.

피리와 기타가 만들어내는 화음처럼 서로의 색깔을 살려주며 한발 물러서고 양보하는 사람들이 어울려 살아가는 세상이면 좋겠다. 그 어떤 악기와 사물이 만들어내는 소리도 견줄 수 없는 것이 사람과 사람이 만들어내는 하모니다. 그거야말로 최

고의 멋진 조화로움이 아닐까. 생김도 소리도 다르지만, 각자
의 다름을 인정하고 서로 맞춰 살아가는 세상, 피리와 기타의
음색이 내 마음에 울려 퍼지며 가을을 노래한다.

가을을 버무리다

울긋불긋한 산천이 사람들의 가슴에 불을 지폈는가? 산과 들은 들썩들썩한 마음을 달래려고 나온 나들이객들로 넘친다. 터질 듯 붉은빛에 감탄사를 연발하는 사람들의 얼굴을 무엇으로 표현할까? 자연에 물든 홍조는 갓난아기의 방긋방긋 웃는 얼굴같이 순수함이 뚝뚝 떨어진다. 그 무리 속에 섞여 산행을 한다.

굽이굽이 걷는 길 따라 펼쳐지는 형형색색 단풍, 졸졸 흐르는 계곡의 물소리, 지저귀는 새들의 노래…. 얼마나 걸었을까? 쭉쭉 뻗은 소나무 아래 한 무리 사람들이 준비해 온 김밥을 먹고 있다. 김밥 가운데 꽉 찬 소들이 오색단풍처럼 곱디곱다. 절정을 이룬 단풍을 삼키려는 듯 먹음직스럽게 꽉 찬 김밥을 한입에 쏙 넣는다. 옆 사람과 연신 말을 주고받는 모습은 소풍 온 어린아이처럼 마냥 즐겁다.

한양으로 과거 시험을 보러 가려면 이 문경새재를 넘어가야 했다. 그 옛날, 이 고갯길을 걸었던 선비의 마음은 어땠을까? 멋진 경치에 매료돼 고개를 넘지 않고 눌러앉아 세월을 노래하며 살다 간 사람도 있겠지? 붉은 태양을 삼킨 것처럼 검붉게 오른 단풍, 새색시 수줍은 미소같이 알록달록 물든 형언하기조차 힘든 색깔의 나뭇잎들이, 푸르른 솔잎들과 조화를 이루며 내 마음을 수놓는다. 가슴이 벅차오른다. 입에서는 "아! 좋다. 멋지다"라는 말이 나도 모르게 저절로 나온다. 파란 물이 금방이라도 터질 것 같은 드높은 하늘에 가슴을 적셔 달랜다.

흐르는 시간을 누가 붙잡을 수 있을까? 이 멋진 풍경이 영원하다면 이처럼 감탄사를 연발하지는 않겠지. 아름다운 자연이 주는 오늘의 선물을 오래도록 가슴속에 묻어 둬야지 하는 마음이다. 노란 은행잎도 붉은 단풍도 파란 하늘도 가슴속에 하나하나 차곡차곡 쌓아놓는다. 독야청청 푸른 솔잎도 묻어 둔다. 계곡 속에서 흐르는 물소리도 양념으로 쟁여 놓는다. 곡식을 거둬들인 농부처럼, 김장을 끝낸 어머니처럼. 월동 준비를 끝낸 듯 마음이 풍요롭다.

살다 보면 마음이 허할 때가 있다. 마음이 고프면 이 가을, 묻어 둔 재료들을 하나씩 꺼내 버무려야지. 입맛 없을 때 고소한 겉절이가 군침을 돌게 하듯이, 가을을 버무려 메마른 삶에 윤활유가 되게 해보리라. 묵은지 맛도 일품이니, 가슴 한쪽엔 올가을을 잘 버무려 차곡차곡 마음이란 저장고에 담아둬야지. 훗날 맛있게 익어 갈 때 살포시 꺼내, 추억이란 이름으로 올 2018년 가을을 맛보리라. 어떤 맛일까? 가슴이 벌써 설렌다. 자연은 변함없이 선물을 주기만 하는데 나는 무엇으로 보답하고 있을까? 언제나 그 자리에 서서 내게 무한정 베풀어 주길 바라기만 하고 있다. 가을을 맛있게 버무려 먹을 생각만 한다.

자연처럼 내게 끊임없이 주기만 하는 사람들이 있다. 대가 없이 무한정 베푸는 사람들이 있다. 내 어머니가 그렇고 내 형제자매가 그렇다. 그리고 나를 걱정해주는 동료들이 그렇다. 가을 단풍을 멋지게 느낄 수 있는 것도, 늘 곁에서 따스하게 보듬어주는 그들의 온정이 있어서다.

버릇처럼 늘 받기만 하고 베풀지 못하고 살아가는 삶! '언젠간 보답해야지'라고 생각만 하다가는 하나, 둘 내 곁을 떠나고 나서 후회할 듯하다. 영원불멸의 삶이 아니라는 것을 잊고 살았다. 언제나 내 곁에 있을 것 같은 착각을 하고 살았다. 가을의 단풍은 시간의 찰나를 말해준다. 이 시기가 지나면 낙엽이 되는 것이 자연의 이치다. 더 늦기 전에 함지박 한가득 가을을 버무려 고소한 맛을 전해야지. 살맛나는 세상이 이런 거겠지. 정을 나누고 사는 즐거움과 가을을 버무린 겉절이로 한 상 차려야지. 가슴 깊이 담아온 계곡의 물소리도 은은하게 들려줘야지. 이 가을이 가기 전에 함께여서 좋은 사람들과 가을을 버무려 맛보리라.

점멸등

　도심을 벗어난 길은 한적하다. 시원하게 뚫린 도로를 쌩쌩 달리는 사람들에게서는 질풍노도의 젊음이 느껴진다. 시골길을 오가며 자연에서 느낄 수 있는 여유로움이다. 때가 되면 아지랑이 피어오르고 산천초목이 파릇파릇 돋아난다. 꽃 피우고 알록달록 맘껏 풍류를 즐기다가 겨울이 되면 조용히 잠들어 있다. 그 고요함과 고즈넉한 들판이 느긋함을, 기다림의 여유를 일깨워준다.

　다람쥐 쳇바퀴 돌 듯 일상의 단조로움과 무미건조한 생활에서 벗어나야만 한다는 강박관념이 밀려온다. 선을 긋듯, 일정한 테두리 안에 나 자신을 가둬 놓고 촌각을 다투는 각박한 현실에 '여유'라는 기름 한 방울 떨어뜨려야겠다고 생각하는 순간 빨강 신호등에 길을 멈춘다. 옆 차선에는 정지선을 반쯤 지난 차량이 삐뚤게 멈춰 서 있다. 무슨 급한 사정이 있는지 좌우를 살피며 슬금슬금 앞으로 나아간다. 급기야 직진 신호등이

켜지기도 전에 '쌩'하고 달려나간다. 옆에 뒤에 서서 바라보는 눈들이 얼마나 따갑고 민망했을까? 만일 나라면 어찌했을까? 한적한 도로 위에 다른 차들은 없고 빨강 신호등 정지선에 홀로 서 있는 나를 상상해본다. 신호를 무시하고 가면 약속 시각엔 늦지 않을 텐데, 신호를 지켜야 할까? 무시해야 할까? 순간적인 갈등에 휩싸일 수 있을 거다.

정지선과 신호등을 물끄러미 바라보며 '약속'이라는 단어를 떠올린다. 빨강 신호등에 정지하고 정지선에 멈추자는 것은 우리의 약속이다. 나와 너, 세상 모든 사람이 그렇게 하자고 규정한 것이다. 약속을 지키지 않으면 많은 문제가 생기니, '교통법규'라는 더 강력한 약속인 법으로 제재를 가하는 거겠지. '약속 시각에 늦지 않게, 서둘러 길을 나서지 않은 나 자신을 탓해야겠지.'라는 생각에 미칠 때 직진 신호로 바뀐다.

들판에 여기저기 놓여 있는 커다란 원형 볏짚들이 눈에 들어온다. 마치 어릴 적 운동회 때 학교 운동장에서 굴리던 하얀 공처럼 보인다. 공허한 들판으로 내려가 공굴리기 하던 그 시절로 돌아가 보고 싶다. 목가적인 시골의 한적한 도로가 마음의 여유마저 가져다준다.

어느 것에도 구애받지 않는 혼자만의 여행은 삶을 풍요롭게 한다. 애드벌룬을 타는 상상의 나래를 펴며 가볍게 액셀을 밟는다. 멀리 교차로에서 신호등이 깜빡깜빡한다. 빨강 신호등을 만났을 때 느껴보지 못한 해방감이다. 나사못으로 꽉 조여졌던 심장이 무장 해제되어 쾅쾅거리는 느낌이다. 앞서 빨강 신호등에서 사람들의 눈치를 보며 쌩하니 도망가듯 질주했던 차량이 깜빡거리는 신호등에 오버랩 된다. '너라면 좋았을 걸' 점멸등이라고 불리는 너를 만났다면 죄인처럼 머뭇거리며 빨강 신호등 앞에서 양심을 잃지 않았을 텐데, 점멸등의 깜빡거림은 사정이 급한 사람의 심정을 알겠다고 말하는 것처럼 보인다. 가슴을 무겁게 짓눌러오는 빨강 신호등 하고는 다름이 있다.

혹여 살아오면서 빨강 신호등처럼 사람들에게 강압적이지는 않았는지 돌아본다. 자를 대고 선을 긋듯 사람들의 마음에 상처를 주는 서슬 퍼런 칼날을 세우지 않았는지…. 주변을 살피고 진입하라는 깜빡거리는 점멸등처럼 사람의 마음을 두루두루 살피며 살고 싶다.

조급한 마음으로 늘 획획 지나쳐 버렸던 점멸등이 오늘 나에게 전해주는 이야기, 조바심 내지 말고 삶의 여유를 갖고 주변을 둘러보라 말한다. "무조건 안 돼요"라는 말보다는 "가능한

되는 방향으로"라는 긍정의 마음을 갖고 살아가길 바라는 지혜
가 숨어 있지 않을까.

  시리게 몰아치는 찬바람에 아픈 가슴을 움켜잡는 사람들을
위하여 마음의 점멸등을 켜 두련다.

늦더라도 멈추지 말자

아침 일찍 한산한 도로를 달린다. 라디오에 귀를 기울이며 여유도 부려본다. 그도 잠시 도심을 벗어나니 뿌연 안개가 엄습해온다. 차량에서 나오는 불빛으로만 앞을 분간할 수밖에 없는 상황이다.

이른 아침이라 앞서가는 차량도 드물다 보니 답답함이 가슴을 죄어온다. 매일 오가는 도로라지만 안개에 가려 주변의 형체는 전혀 가늠할 수가 없다. 주위를 살필 엄두는 낼 수도 없고, 앞만 똑바로 보고 갈 수밖에 없다. 가도 가도 안개는 걷힐 줄 모른다. 그대로 멈추고 싶다. 앞서간 차량은 어디로 사라진 걸까? 보이질 않는다.

컴컴한 동굴 속에서 손전등을 잃어버리고 허우적대며 걷고 있는 것만 같다. 그래도 길의 형태로 목적지까지 얼마나 남았는지 짐작할 수 있다는 것이 참으로 다행스럽다. 천천히 다가

가면 언젠가는 닿을 수 있다는 확신을 여러 번 오고 갔던 경험이 가져다준다. 안개를 뚫고 지나가기만 하면 내가 도착할 목적지가 반드시 있다는 믿음이 안개라는 장애물을 버티고 갈 힘도 실어주고, 지나온 내 삶을 반추해 볼 기회도 주고 있다.

어느 해 삼월, 하얀 손수건을 가슴에 달고 초등학교에 입학하던 날, 어머니의 품에서 벗어나 새로운 세계에 발을 내딛던 순간이 어렴풋이 다가온다. 넓은 운동장에 서서 선생님의 구령에 맞춰 움직이던 모습들, 앞으로 나란히, 좌향좌, 우향우, 씩씩하게 두 팔을 흔들며 걷던 까마득했던 기억들이다. 새로운 친구들을 만나 적응하는 것도 두려움의 존재였다. 교복을 입고 교문을 들어설 때마다 마주쳤던 선도부의 매서운 눈초리는 얼마나 큰 공포로 다가왔었던가. 어릴 때부터 꿈꿔왔던 길과는 전혀 다른 학과로 진학하면서 보내야 했던 고뇌의 시기도 있었다. 대학에서 낙방하면 인생이 끝나는 줄 알고 성적에 맞춰 들어가 보냈던 덧없는 세월도 막막함이었다.

얼떨결에 시작한 직장 생활인지라 행복을 느낄 수 있는 생활의 여유도 없었다. 하루하루가 고되고 힘겹고 지루하기만 했다. 그러면서 오랜 시간이 지나니 사명감이 생기고 터득하게 된 나만의 가치관과 삶의 철학이 생겼다. '내가 아는 만큼 시민은 행복해진다.'라는 좌우명이다. 그 말을 곱씹으며 살아갈 때 희열도 맛볼 수 있었다. 내 삶을 뿌옇게 뒤덮은 안개가 걷히고 다시 삶의 활력을 느낄 수 있었다.

내가 하고 싶은 일을 하며 살아가는 삶 속에서 얻는 성취감이 얼마나 큰 기쁨인지를 알았다. 다른 사람들도 가니까, 나도 그냥 따라가는 삶이 아닌 삶. 주체성을 갖고 삶이라는 인생의 항해를 위해 노를 저을 때 행복이 찾아옴을 알았다.

'다시 한 번 학창 시절로 돌아갈 기회가 주어진다면'이라는 바람을 품고 있다면, 그 순간부터 다시 시작해도, 절대 늦지 않음도 나이 들어 배움을 접하면서 알게 되었다. 긴 겨울을 이겨 내고 연둣빛 싱그러움으로 세상을 물들이는 풋풋한 삼월 대지의 기운이 입학과 졸업, 취업과 퇴직으로 또 다른 삶의 항해를 시작하는 사람들에게 '희망'이라는 선물을 안겨줬으면 좋겠다. 걸어 보지 않은 길일지라도 새로운 길 위에서 삶의 주인이 되어 살아갈 수 있길 바란다.

가슴을 졸이며 목적지에 도착한 후에도 뿌연 안개는 걷힐 줄을 모르고 있다. 앞으로 나갈 용기가 없어 그대로 도로 위에 멈춰 섰더라면 어찌 됐을까. 눈앞에서 펼쳐졌을 일들을 생각만 해도 아찔함으로 몸서리가 쳐진다. 살아간다는 것은 희뿌연 안개와 같은 삶의 어려움 속에서도 멈추지 않고 느릴지라도 천천히 꿈을 향해 헤쳐 나아갈 때 진정한 행복을 느낄 수 있지 않을까. 대지가 기지개를 켜고 꽃망울이 피어오르는 삼월이다. 거센 파도와 암초에도 포기하지 않고 꿋꿋하게 인생의 노를 저어 나가야겠다.

바닥에 던져지는 둔탁한 윷가락 소리가, 지금 이 시대를 살아가
는 쓸쓸한 우리 아버지들의 비명처럼 들려온다.

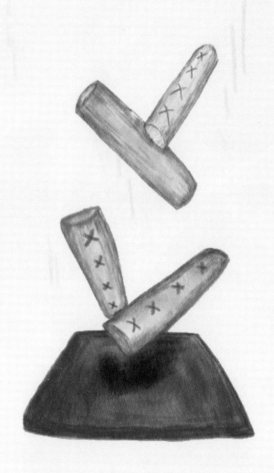

독과 약

가슴이 떨릴 때

윷가락 소리

상해에서 그 순간

오월의 바람

바지락

콩가루

독과 약

　삼 년 전부터 냉장고 안에 보물처럼 두고 먹는 매실청이 있다. 맛있게 잘 익었다고 지인이 선물로 건네준 것이다. 나물을 무친다거나 음식을 할 때도 유용하게 사용하고 속이 더부룩할 땐 따듯하게 차로 마시기도 한다. 오늘같이 무더운 날이면 시원하게 얼음도 동동 띄워 마시곤 한다.

　올해는 지인의 밭에서 푸릇푸릇 색깔도 고운 청매실을 딸 기회를 얻었다. 나무에 매달려 수확을 돕는 일은 얼굴을 타고 흐르는 땀방울의 수와는 비교할 수 없을 정도의 더없는 기쁨과 보람을 느끼게 했다. 거기다가 내가 딴 매실을 덤으로 얻는 횡재도 얻었다. 집에서 매실청을 직접 담갔다는 지인들을 보면 "나는 언제 그런 걸 해보나"라고 생각만 하며 부러워했었다. 어쩌면 그만큼 삶의 여유를 맛보고 싶다는 방증은 아니었을까. 매실청을 담그며, 생활에서 느낄 수 있는 소소한 행복에 대한 갈증을 풀어볼 생각으로 가슴은 설렜다. 인터넷 검색으로 고수들이 전하는 노하우대로 한 보따리 얻어 온 매실을 깨끗이 씻고 밤새 말렸다. 사용되는 설탕의 분량이 매실과 같은 양이라 "이렇게 많은 설탕을 부어도 몸에 좋은 걸까?"라는 의구심이 슬며시 고개를 들며 처음 해보는 일이라 긴장까지 됐다.

새벽이 돼서야 보송보송 마른 매실을 통에 담고 설탕을 부었다. 아무리 맛 좋은 비법이라 하지만 설탕의 양이 마음에 계속 걸렸다. "조금 덜 맛있어도 괜찮아"라고 혼자 되뇌며 설탕을 두 움큼 적게 넣은 후, 베란다 서늘한 곳에 자리를 잡아 놓았다. 하루하루 매일 인사하며 상태를 관찰했는데 어느 날 통에서 거품이 올라오기 시작했다. "아~ 잘못했구나. 설탕을 동량으로 넣었어야 했는데"라는 자책을 해본다. 경험자의 노하우를 믿고 따랐어야 했다는 후회가 밀려왔다. 처음부터 다시 할 수도 없는 일이니, 막막했다. 더군다나 인터넷을 다시 샅샅이 뒤져보니 매실, 복숭아, 살구, 체리 등의 씨 속에는 "아미그달린"이라는 독소가 있단다. 선조들이 매실청을 담글 때 씨를 제거한 지혜와 함께 설명돼 있다. 씨앗을 빼고 담지 않았으니 큰일이라는 생각에 자세히 살펴보니 담근 후, 석 달이 지나면 독소가 사라진단다. 몸에 좋다고 섣불리 먹다 보면 오히려 몸에 독이 될 수도 있는데, 진득하게 기다리면 독까지 사라진다니 기다림의 미학을 배운다.

매실청을 담그며 '매실 진액, 매실청, 매실 발효액' 등 다양한 표현들로 혼란스러웠다. '발효 식품은 젖산균이나 효모와 같은 미생물의 발효 작용을 이용해 만든 식품으로 된장, 간장, 고추장, 술, 빵, 식초, 치즈, 버터, 요구르트, 김치, 젓갈'이라고 나와 있다. 아무리 찾아봐도 매실은 발효 식품에 들어있지 않다. 그런데 매실청이라고 검색을 해보면 '매실을 설탕에 재워 발효시켜 만든 즙'이라고도 나와 있다. 과학을 전공한 다른 이는 매실 진액은 설탕의 삼투압 현상이라고 말한다. 새삼스레 다시 느끼는 것은 다양하고 풍부한 정보를 제공하는 인터넷은 말 그대로 정보 바다라는 생각이다.

정보가 옳은지 그른 지를 떠나 여과 없이 제공되는 정보가 너무 많다. 그에 따라 문제점이 발생할 수 있다면 큰 숙제가 아닐 수 없다. 거르지 않고 올라 온 그릇된 정보는 나에게 독이 될 수도 있다. 정보의 홍수 속에서 옳고 그름을 무엇으로 판단해야 할까. 신속하고 광범위하게 정보를 전달하는 기능도 양면성을 갖고 있지 않은가. 정확한 자료, 생활의 보탬이 되는 유익한 정보 등을 제공하는 반면, 누군가를 죽음으로 몰고 갈 수도 있는 그릇된 정보로 사회를 어지럽히는 내용도 팽배하다. 쉽게 접할 수 있는 소통의 매체이지만 나에게 독이 될 수도 있고 약이 될 수도 있다. 무엇이 옳은지의 판단은 각자의 몫이런가. 살아오면서 경험한 삶의 연륜이 독소를 제거하고 효능 좋은 약을 선택할 수 있는 혜안을 선사해주길 소망해 본다.

가슴이 떨릴 때

직장인에게 점심시간은 아주 달콤하고 생기를 북돋게 하는 비타민 같은 시간이다. 매일매일 색다른 음식으로 건강을 챙겨 주는 단골 식당으로 향한다. 언제나 말없이 물끄러미 바라만 보며 식권을 받으시던 할머니 얼굴이 오늘따라 복사꽃처럼 어여쁘게 화색이 돈다. 게다가 앞에 서 있는 젊은이에게, "날씨도 좋고 사방이 꽃 대궐인데 주말에 뭐해"라고 말을 건넨다. "방에서 푹 쉬려고요"라고 말하는 젊은이에게 "다리가 아플 때는 아무것도 못 해, 그러니 가슴이 떨릴 때 밖으로 나가 놀아야지"라며 웃음을 보낸다.

얼마 전 본 '로망'이라는 영화의 한 장면이 떠오른다. 나라를 빼앗기고 전쟁에 굶주리며 살았던 우리 아버지들이 그랬듯이, 주인공 부모 삶도 그랬다. 아버지 세월은 낮과 밤을 가리지 않고 오로지 돈 벌기에 바빴다. 당신의 안위를 위해서가 아니라 가족을 위한 사투로 시간과 청춘을 바쳤다. 아버지와 어머니

손 잡고 소풍도 가고 싶고 외식도 하고 싶었지만, 마음속으로만 새겨야 했던 아들의 아픔을 표출하는 장면들과 치매라는 병을 얻은 어머니가 소풍 가고 싶다는 말에 처음으로 함께한 나들이에서 일어나는 일들을 다룬 영화다. 나이가 들었다고 가슴 떨리지 말라는 법이 없을까마는. "노세 노세 젊어 노세"라는 말이 의미하는 뜻을 헤아려 본다. 나이가 들면 몸이 여기저기 병들어 가슴은 뛰지만 마음대로 움직일 수 없음을 때늦은 후회와 한탄이 섞인 삶의 철학이 녹아 표현된 말은 아닐까.

우리 현실도 다르지 않은 것 같다. 퇴직을 앞둔 인생 선배들이 말하는 후회되는 일 중 꼭 들어가는 말이 있다. 젊었을 때 밤낮을 가리지 않고 일에 전념하느라 애들이 크는 걸 몰랐단다. 애들과 대화도 하고 싶고 같이 여행도 하고 싶은데 어느새 훌쩍 자라, 아버지가 비집고 들어갈 자리가 없단다. 가족의 생계를 위한 책임감이었다고 항변하기엔 자신이 너무 왜소해져 있음을 뼈저리게 느낀단다. 이미 다 큰 아이에게 어릴 적 즐거웠던 추억도, 사춘기에 고민을 같이 나눌 친구도 되어주지 못했던 것이 후회스럽단다. 다른 나라 사람도 아닌데 애들과 대화의 벽이, 소통의 불편이 생겼단다.

애들도 마음의 여유가 생길 때까지 그대로 기다려 주지 않으니, 아이들과 많은 시간을 보내라는 충고의 말을 듣곤 했다. 어릴 때부터 함께 뒤엉켜 놀아주지 않았으니, 어른이 다 된 자식과 세상을 바라보는 시각도 느낌도 다름을 인정해야만 한다. 선배들 충고를 기억하며, 그런 후회는 하지 않으리라 다짐도 했건만. 그렇게 녹록한 직장 생활은 아니지 않은가. 어쩔 수 없이 아이들끼리 끼니를 때우게 하고 잠든 모습을 바라보며 눈물을 글썽이던 날들이 어찌 하루 이틀인가. 지금도 젊은 직원들이 아이들과 전화로 나누는 대화를 들어보면 마음이 찡해진다. 아이들 옆에서 돌봐주지 못하는 애타는 마음이 얼마나 아플까. 가정도 국가도 환경이 변하고, 먹고 살기 좋은 시대가 왔어도 마음 편히 직장 생활을 한다는 것은 아직은 무리인 듯하다. 어쩌면 부모가 됐으면 감내해야 하는 몫은 아닐는지도 모르겠다는 생각이 든다. 힘겨움 속에서도 함께 울고 웃고 하다 보면 어느 날, 빛바랜 사진처럼 행복한 순간으로 남아있지 않을까.

가정의 달 5월. 푸름이 더없이 보드랍고 라일락 향이 더없이 향긋한 계절이다. 더 늦기 전에 훌쩍 큰, 아들 손잡고 소풍을 하러 가야겠다. 마음은 청춘인데 몸이 말을 듣지 않는다고 하소연하는 어머니도 함께 모시고 가야겠다. 시간은 기다려주지 않으니. 가장 젊은 지금, 다리 떨릴 때가 아니라 가슴이 떨릴 때 함께 느끼고 함께 누리는 시간을 가져보리라.

윷가락 소리

　도심 한복판 대낮의 공원은 군데군데 무리 지어 윷판을 벌이는 사람들로 가득하다. 친구들과 약속 장소였던 의자에 앉아 옛 추억을 더듬어 보고 싶은 마음에 찾았건만, 삼삼오오 의자에 앉아 이야기 나누던 교복 입은 학생들의 모습은 찾아볼 수가 없다. 형언할 수 없는 낯섦에 마음이 허전하다.

　홀로 굳건하게 자리를 지키고 서 있는 은행나무 아래서 윷판을 벌이고 있는 어르신들의 얼굴을 바라본다. 농악을 울리며 신명 나게 놀던 어르신들의 모습이 아니다. 그저 애꿎은 땅바닥에 윷가락을 던지며 신세를 한탄하고 있는 듯하다. 가장이란 이름으로 집안을 호령하던 당당했던 모습을 엿볼 수도 없다. 손은 주머니에 찔러 놓고 몸은 움츠리고 있다. 축 처진 어깨들이 오늘날 우리 아버지들의 모습이려니 생각하니 먹먹하다. 이 맘때면 앞마당이 넓은 옆집 친구네 집에서는 "윷이다!", "한사리 더!"를 외치며 박장대소하던 풍경을 종종 볼 수 있었다. 명석 위로 떨어지는 윷가락의 어정쩡한 모양에 "도"다, "모"다 실랑이를 벌이며 왁자지껄하던 광경, 말판을 놓고 "잡아라, 업어라" 신경전을 벌이며 시끌시끌했던 장면, 마당 한쪽에선 김이 모락모락 나는 두부를 자르던 아주머니의 표정이 영화관 자막이 올라가듯 하나씩 소환돼 스쳐 지나간다.

　멍석 위에서 벌어지던 윷가락들의 묘기에 터져 나오던 웃음과 탄식도 막걸리 한 사발에 다 녹아내리던 시절이었다. 그때는 아버지들의 "에헴" 기침 소리에도 당당함이 묻어있었는데, 은행나무 아래에서 듣는 윷가락 소리는 아버지들의 텅 빈 주머니만큼이나 허허하다. 저녁나절이 되니 여기저기 윷을 놀던 사람들은 하나, 둘 사라지고 한 무리만 남아있다. 어둑해진 시간, 땅바닥에 뒹구는 윷가락들은 윷을 놓고 있는 사람들의 마음을 대변이라도 하듯 요란하다. 돌아갈 곳은 있기나 한 건지, 허기진 배를 채울 끼닛거리는 있는지, 괜한 걱정이 들며 온종일 집 안에 있을 어머니 얼굴이 겹쳐진다. 며칠 동안 다녀온 여행 끝에 관절염이 돋아, 오늘도 텔레비전 채널과 씨름하고 계실 것이다. 얼마나 오래도록 텔레비전을 보아 왔는지 드라마 할 시간을 다 꿰뚫고 있다. 그러고 보면 팔십이 넘은 어머니 연배 어르신들이 마땅히 할 거리도 없는 듯하다.

며칠 전 '생활 관리사'를 하는 친구를 만난 적이 있다. 어른들을 찾아가 말벗이 돼 드리고 안부도 묻고 필요한 복지 서비스를 연계하고 있다는 이야기를 들으며 어르신들을 위한 복지 정책에 감동했다. 자식 위하는 마음 그 십 분의 일만이라도 부모에게 관심을 둔다면 좋겠다는 친구 말에 고개를 끄덕이면서도 "도둑이 제 발 저리다."라는 말이 생각나는 이유는 무엇일까! 그토록 깨물어주고 싶고 귀엽기만 했던 자식도 해가 바뀔수록 예전 같지 않다.

자식 낳아 길러봐야 부모 마음을 안다는 말의 의미를 나이가 들어갈수록 실감을 하고 있다. 자식을 둥지에서 내보낼 때가 되니 어머니 마음을 조금이라도 이해하겠다. 작은 것에 기뻐하고 감동하시는 어머니는 아주 사소한 것에도 속상해 하신다. 온갖 사랑 자식들에게 다 나눠주고 종일 외로움과 사투하고 있지는 않은지 염려된다. 급속한 사회 환경의 변화가 가정환경의 변화도 가져왔다. 핵가족이 됐어도 자식을 사랑하는 내리사랑은 여전하시건만 그동안 어머니한테 소홀했던 나 자신을 생각하니 한없이 부끄럽다.

이제부터라도 부모를 위하는 치사랑을 외쳐봐야겠다. 차곡차곡 통장에 쌓이는 소리가 어머니의 헛헛한 마음을 달래 드리기를 바라며 명절이나 생신 때 드리던 조금의 용돈도 다달이 넣어 드려야겠다.

윷가락을 던지는 손가락의 현란한 재주도 없이 그저 바닥에 던져지는 둔탁한 윷가락 소리가, 지금 이 시대를 살아가는 쓸쓸한 우리 아버지들의 비명처럼 들려온다.

상해에서 그 순간

생일이 다가올 때마다 가슴은 두근거렸다. 어머니가 선물로 무얼 주실까? 설렘으로 손꼽아 기다렸다. 하얀 쌀밥에 소고기 미역국. 평소와 다른 반찬으로 생일상을 받는 하루는 나 자신이 우월한 존재로 느껴졌다. 나만을 위한 특별한 날이었다. 내 맘을 어찌 알았는지 내가 갖고 싶었던 선물이 눈앞에 펼쳐졌다. 매일매일 내 생일이길 바랐던 동심의 시절이었다.

올해는 대한민국 임시정부가 수립된 지 100주년이 되는 해이다. 자료에 의하면 국내외 여기저기서 뿔뿔이 흩어져 독립운동을 하던 조직을 통합하여 1919년 4월 11일, 상해에 망명정부를 세웠다. 어릴 때부터 들어온 독립운동에 대한 많은 이야기가 있는 땅, 오직 나라를 위해 머나먼 이국땅에서 목숨을 내놓고 독립운동을 했던 성지, 그곳을 꼭 한 번은 가보고 싶었다.

마침 딸이 상해에서 유학 중이었다. 외손녀가 보고 싶다는 어머니를 모시고 언니와 두 여동생과 함께 여행길에 올랐다. 가보지 않은 곳을 향한 마음은 언제나 들뜨고 두근거린다. 공항에 도착해서 숙소로 가는 길에 딸아이가 "저기예요. 대한민국 임시정부 청사"라고 외쳤다. 그 말을 듣는 순간 고개를 돌렸지만 이미 차가 지나쳐 보이지 않는다. 아쉬움을 달래며 다음 날을 기약했다. 사전에 아무런 지식도 없이 그저 나라를 잃었을 때 독립운동을 하던 곳이라고만 알고 있었다. 그곳을 방문한다니 맞선을 보던 날처럼 가슴은 방망이질했다.

다음날 임시정부 청사가 있는 곳을 향해 걸었다. 말끔한 거리에 이국적인 즐비한 상가들과 세련된 고층 건물 광경이 눈에 들어왔다. 조금 지나, 긴 행렬이 눈길을 사로잡았다. 일요일 이른 아침부터 무슨 관람객인가 물어봤더니, '중공 일대 회지'란다. 중국의 1회 공산당 대회가 열린 그 건물이 있는 거리는 차량을 통제하고 공안이 엄호하고 있었다. 남녀노소 구분 없이 많은 사람이 길게 늘어서 있었다. 바로 근거리에 있는 '대한민국 임시정부 청사'는 안내를 받지 않으면 찾기조차 힘들었다. '중공 일대 회지'와는 너무나 대조적이었다. 사람들이 사는 골목길을 통해 들어간 그곳 독립 성지는 가슴을 뭉클하게 했다.

자신만의 영화를 위해서도 내 가정만의 행복을 위해서도 아니었다. 오직 나라를 되찾겠다는 일념으로 사투를 벌인 역사의 현장이다. 100년의 세월을 보냈건만 고귀한 역사의 현장은 너무도 작고 초라하다. 지금에서야 찾아온 내가 죄인인 양 고개를 들 수가 없었다. 벽에 걸린 애국지사들의 사진을 보니 가슴 밑바닥에서 뜨거움이 밀려왔다. 이국땅에 몸을 숨기고 살면서 얼마나 많은 고통을 겪었을까. 이곳을 다녀가고 후원한 사람들의 명단이 적힌 표지판이 보였다. 난 무엇을 할 수 있을까. 무엇을 해야 하는가. 남이야 어찌 됐든 나와 가족의 행복만을 추구하는 내 삶의 그림자는 조국을 위해 기꺼이 모든 걸 버린 분들 앞에서 용서를 빌었다.

상해 임시정부 청사 앞에 한참을 서 있었다. 대학생처럼 보이는 젊은 여자 한 명이 그곳으로 들어갔다. 중공 일대 회지 앞의 광경과는 너무도 다른 풍경이었지만 머나먼 이국땅에 위치했으니 그러려니 생각하려 해도 고개가 저어진다. 독립기념관을 방문했어도 그런 긴 행렬은 본 적이 없다. 드물긴 해도 끊이지 않고 방문하는 사람이 있다는 것, 그리고 젊은 사람이 찾고 있다는 것에 조금의 위안으로 삼고 발길을 돌렸다.

올해 4월 11일이 대한민국 임시정부 수립 100돌을 맞는다. 말로만 요란을 피울 것이 아니라. 어머니가 정성껏 차려 주셨던 생일상은 아니지만, 예쁜 장미꽃 한 송이를 꽂아야겠다. 상해를 방문했던 그날 그 순간 느꼈던 뜨거운 마음으로 무엇을 할까를 고민하며 살아가야겠다. 얼마 전 읽었던 독립군 소녀 해주가 뚜벅뚜벅 다가오는 듯하다.

오월의 바람

    매일 지면을 장식하는 뉴스 중 돈과 관련된 이야기가 많다. 며칠 전만 해도 돈 때문에 어머니와 자식을 숨지게 한 사건으로 떠들썩했다. 반면에 누군가에게 도움을 주는 훈훈하고 정이 담겨 있는 기부의 아름다운 얘기도 들려온다. 오월을 시작하는 첫날 이전까지만 해도 북한 김정은 국무위원장의 사망설이 언론을 지배했다. 그에 따른 경제의 득실을 따지는 강국의 손놀림 또한 빨랐으리라.

    그동안 방에서만 지내던 사람들이 계절의 여왕이라 불리는 오월의 문이 열리자마자 집 밖으로 나오기 시작했다. 오랜만의 외출로 한껏 들뜬 목소리는 거리에 활기를 넣고 있다. 손님이 없던 상점에서는 얼마나 반가운 일이겠는가. 하지만, 코로나 19 감염병 안전에 대해서는 촉각을 더 세울 수밖에 없다. 오월은 어느 달보다도 주머니를 풀어야 하는 날이 많다. 아이들이 생일만큼이나 손꼽아 기다리는 어린이날이 있고 지금의 나를 있게 한 어버이날이 들어있다. 언제나 불러도 마냥 좋은 단어 어머니인데, 서로 얼굴 맞대고 밥 한 끼 같이 할 기회조차 자주 얻지 못함이 죄송스럽기만 하다. 스승의 날도 다가오지만, 올해는 아직도 선생님과 대면하지 못한 학생들을 안타깝게 하고 있다.

코로나19로 모든 것이 멈추고 일상의 변화도 가져왔다. 이런 상황 속에서 우리나라 위상은 한껏 높아졌다. 많은 걱정과 함께 치러진 제21대 총선에서도 감염증 확산의 문제는 발생하지 않았다. 주위의 많은 사람은, 선진국이라고 생각했던 나라의 코로나 19 대처 능력을 보며 우리나라가 살기에 정말 안전함을 알게 되었단다. 선진국의 개념 또한 바뀌고 있다. 돈만 많다고 잘 사는 나라는 아닐 것이다. 돈은 없는 것보다 있으면, 삶을 누리고 살 수 있는 좋은 점도 있겠지만. 그렇다고 삶의 질과 가치를 높이고 행복을 누릴 수 있는 건 아니리라. 하루 세 끼를 먹고 하고 싶은 일을 누릴 수 있는 행복과 지금 내가 가진 돈으로 이만큼이나 누릴 수 있음에 감사하는 마음은 나를 더없이 기쁘게 한다. 이것밖에 가진 게 없어 하고 뭐든지 할 수가 없음에 한탄만 한다면. 그 또한 얼마나 불행한 일이겠는가.

누구나 돈을 많이 가진 자는 행복하리라 생각하지만. 너무

많아도 너무 없어도 불행한 것이 돈이 아닐까. 주말마다 아르바이트하는 딸아이가 월급을 받았다고 싱글벙글한다. 땀방울의 대가를 보상받는 일만큼 뿌듯한 순간이 있을까. 월급날이얼마나 설레고 기다려졌을까. 감염병이란 어려운 상황에서 빨리 벗어나, 장사하는 사람들도 하루의 마감 시간이 미소를 지을 수 있는 달콤한 순간이었으면 좋겠다.

딸아이가 어버이날이 신경 쓰이나 보다. "엄마, 내가 취업을 해서 첫 월급을 받아 외할머니께 용돈을 드리면 좋을 텐데. 외할머니 연세가 있으셔서 만약에 그때를 기다려주시지 않으면 어쩌지."라고 물어온다. 그래서 이번에 받은 월급으로 외할머니께 용돈을 드리고 싶단다. 어쩌면 그렇게 대견스러운 생각을 했을까. 돈이란 적절한 시기에 어떻게 쓰이느냐가 중요하지 않을까. 지금 우리에게 주어지는 긴급재난지원금도 코로나 19로 지친 국민들에게 용기를 주고 경제를 활활 살릴 수 있는 불쏘시개가 됐으면 하는 소망을 해본다.

오월이 되니 코로나 19로 부산스러웠던 만큼 괜스레 마음도 바쁘다. 몇 달을 찾아뵙지 못한 어머니 얼굴도 뵙고. 갑자기 더워진 날씨에 겨우내 함께 한 두툼한 옷가지며 이불도 빨아 햇볕에 널어야겠다. 오월, 산들은 연두와 푸르름을 짙게 수채화처럼 그림을 그리고 있다. 라일락 향기가 흩뿌리고 있는 지금, 마스크 속 회색빛 마음은 속삭이고 있다. 이제 곧 다가올 아카시아 꽃내음을, 맘껏 들이킬 수 있는 파란 하늘빛 오월이길 바란다고….

바지락

　얌전히 물이 끓던 냄비가 덜그럭 소리를 내며 시끄럽다. 꼬르륵거리던 배꼽시계는 와글와글 덜그럭거리는 바지락 소리에 기세가 눌렸는지 조용히 시곗바늘을 멈춘다. 보글보글 끓어오르며 기포를 뿜어대는 물총 세례에 놀란 듯. 바지락은 꼭 다문 입을 벌리며 항복을 부르짖는 듯하다.

　펄펄 끓는 바지락 육수에 칼국수를 넣는다. 면이 익기를 기다리는 동안 지구본을 한 바퀴 돌려본다. 냄비 안의 시끄러운 바지락 소리처럼 코로나19가 대한민국이라는 땅에서 들끓고 있을 때. 비아냥거리고 손가락질하던 나라들을 하나둘 세어 본다.

　함께 살아간다는 건 누군가를 위해 희생한다는 것이기도 하다. 쉽게 결정하고 행동에 옮길 수 없는 일이지만 기꺼이 자신의 목숨을 내놓고 전장에 나가는 살신성인의 사람들, 그들이 있기에 내가 지금, 이 순간에도 편하게 살아 숨 쉬고 있지 않은가. 머리끝에서 발끝까지 온몸을 감싸고 땀범벅이 된 모습으로 자신의 수고가 아무것도 아니라며 응당히 해야 하는 일이라고. 겸허함으로 인터뷰에 응하는 자원봉사자의 얼굴이 나를 숙연하게 한다.

사방에 꽃향기 가득하고 파릇파릇 연두색 새순이 올라와 대자연은 싱그러움을 더해가고 있다. 사람들이 어려움에 부닥쳐 발버둥 치고 있는 상황을 아는지 모르는지. 예전과 변함없이 피어난 꽃들이 조금은 야속하기도 하다. 힘들고 어려운 지금이라는 시점도, 기억 속 추억의 한 장면으로 남겠지. 서로 얼굴 마주 보고 맘껏 이야기하고 숨 쉴 수 없는 이 순간 또한 아무 탈 없이 지나가기를 바랄 뿐이다. 어려움에 처할 때 동분서주하는 사람들이 있고, 기꺼이 불구덩이 속으로 들어가는 사람들이 있기에 아직은 살 만한 사회라고 여기며 뽀얀 살을 드러낸 바지락 칼국수를 그릇에 담는다.

갯벌에 있었다면 짭조름한 바닷물도 한 모금 머금고 모래펄에서 숨바꼭질하고 놀고 있을 바지락들이다. 입안에서 탱글탱글한 바지락 살이 바다의 향긋한 냄새를 풍기니 미안한 마음이 든다. 역사학자 '유발 하라리'가 사피엔스에서 언급한 말이 떠오른다. "유럽인들이 아메리카 대륙에 발을 디뎠을 때, 무임승차한 바이러스로 인해 아메리카 원주민 90%가 사망했다"라고 말한 내용이 머리를 무겁게 한다. 정복하고자 하는 자와 정복당하는 자 간에 일어난 사건이다. 불과 500여 년 전의 일이다. 외부인에 의한 질병 바이러스의 전파가 원주민을 죽음으로 몰아넣었다. 자연 생태계 세상에 존재하는 먹이사슬이 하나의 질서이듯, 먹고 먹히고 살아가는 것이 내가 살아가고 있는 지구라는 별의 생존 법칙이다. 그 질서를 존중해줘야 하는 것도 우리의 몫이 아닐까. 생명을 늦추기 위하여, 편안한 삶을 위하여 우리는 얼마나 많은 생태계를 무너뜨리고 있는가. 영원한 삶을 살 수 없음에도 영원히 살 것처럼 환경을 파괴하고 자연 생태계를 위협하고 있는 건 아닌지 반성의 기회를 얻어봄도 마땅치 않겠는가.

입맛 잃은 혀의 감각을 칼국수가 일깨운다. 목젖을 타고 내려가는 시원한 국물이 몸 구석구석을 뜨겁게 달군다. 갯벌이 아닌 냄비 속에서 속살을 드러내고 있는 바지락 껍데기들을 보며 둥근 별, 지구라는 공간에 갇혀서 코로나19와 전쟁을 벌이고 있는 우리네를 본다. 나 그리고 우리, 그런 우리에게 손가락질하던 세계의 이웃들, 내게는 일어나지 않을 일처럼 방관하던 나라들…. 어쩌면 지금 세계 곳곳에서 벌어지고 있는 코로나19

사태는 서로를 보듬어 주지 못하는 이기심이 부른 재앙이 아닐까. 펄펄 끓는 물속에서 항복하고 입을 벌린 바지락처럼 우리 모두 바이러스에게 손을 들고 삶을 포기할 수도 있겠지. 생각만 해도 끔찍한 일이다. 코로나19로 들끓고 있는 지구가 냄비 속에서 끓고 있는 바지락 신세 같다.

지금, 이 순간도 늦지는 않았으리라. 모두가 한마음으로 코로나19와 맞선다면 대한민국 코리아를 바라보는 세계의 시선은 한 뼘 더 높아지리라.

콩가루

어릴 때부터 꿈꿔 왔던 행운의 기회가 찾아왔다. '북한이탈주민 조기정착을 위한 지원 방안'에 대해 대학생들과 이야기할 수 있는 가슴 벅찬 시간이었다. 늘 마음으로는 북한이탈주민을 위하여 무엇인가를 하고 싶었는데. 막상 자신 있게 할 수 있는 일이 없었던 터에 학생들에게 강의해달라는 제안을 받고 마음이 들떴다. 무엇을 얘기해줄까? 고민을 많이 했다.

시간은 빠르게 흐르고 있고, 북한에서도 '장마당' 세대부터 많은 변화가 오고 있음을 알게 됐다. 남한의 24시 편의점과 같은 상점도 들어서고, 1970년대 초 남한의 시골 풍경처럼 농사를 짓고 달구지에 수확물을 운반하는 단란한 가족의 모습도 볼 수 있었다. 북한에서도 농경지를 천 평 정도 배분받아 수확하고 세금을 내는 소작농이 생겨난 것이다. '돈'이 있는 자들에 의해 곳곳에서 자유경제의 변화가 진화되고 있다. 남한과 북한의 다른 중에서 무엇보다도 심각하다고 생각한 것은 서로 다르게 표현하는 단어이다. 제주도에 갔을 때 사투리로 말하면 전혀 알아들을 수 없었는데. 그와 같은 일이 벌어져 언어 장벽이 생길 수 있겠다는 생각이 들었다. 통일이 되고 사용하는 단어의 의미를 몰라서 소통되지 않는다면 얼마나 답답할까. 땅만 하나가 되고 언어도 문화도 모든 면에서 다름으로 서로가 겪어야 할 고충이 있을 거다.

지금 남한의 다문화 가정에서 느끼고 있는 일들보다 더 많은 어려움이 따를 수 있다는 생각이 들었다. 독일이 통일된 지 30년이 된 지난 11월 9일, 아직도 온전한 통일을 이루지 못하고 있다는 기사를 보면서 남과 북이 언제 통일이 될지 생각했었다. 막연하게 하나 된 통일을 꿈꾸지만 말고 나도 준비를 해야겠다고 생각했다. 이런 언어 소통의 어려움을 위해서 차근차근 준비하고 있는 겨레말큰사전이 있다는 것도 이번 자료를 준비하면서 새롭게 알게 됐다.

라디오에서 흘러나오는 말이 흥미롭다. 수학의 도형을 표현하는 단어 중 남한과 북한에서 사용하고 있는 단어들에 대한 설명이다. 다각형에서 각 꼭짓점에서 이웃하는 두 변이 이루는 안쪽의 각을 남한은 '내각'이라고 표현하는데 북한에서는 '아낙각'이라 표현한단다. 전에는 그냥 흘려보냈을 말인데 새삼

다르게 다가오는 건 관심이 생겼다는 것이리라. 그렇게 작은 일부터 내게는 변화가 일어나고 있다. 그냥 맞이해야 할 게 아니라 준비해야 되는 것이구나. 만약 내가 외국인 며느리를, 외국인 사위를 맞이한다면? 나도 그 나라 문화와 언어를 이해하고 소통하려 노력하겠지. 언어의 소통은 사소한 것 같지만 생각해보면 많은 오해를 불러일으킬 수도 있다.

　며칠 전 아침 일찍 떡집 앞을 지나는데 김이 모락모락 나고 분주하게 움직이는 사람들에게서 어릴 적 향수를 느꼈다. 설날 방앗간에서 환한 얼굴로 흰 가래떡이 나오는 것을 보며 앉아 있던 내 모습이 보였다. 아침 식사대용으로 떡을 샀다. 금방 나온 따끈한 가래떡과 콩가루가 듬뿍 묻은 인절미로 그리움을 달랬다. 인절미를 먹다 보니 콩가루가 자꾸 떨어졌다. '콩가루' 재미있는 단어라는 생각이 들었다. 사전을 찾아보았다. '어떤 집단이 그 구성원 사이에 상·하의 질서가 어지러워지고 서로 좋은 관계를 이루지 못하여 결속의 힘을 잃어버린 상태를 비유적으로 이르는 말'이라고 설명이 돼 있다. 통일을 위해 준비하지 않으면 내가 겪게 될 상황은 아닐까. 말로는 통일을 외치고 있는 내가, 어릴 적 꿈이 고속버스를 타고 금강산 구경을 하고 싶다던 내가, 그날을 위해 노력하고 있는 것이 하나도 없음을 깨닫는다.

서로를 알기 위해 이해하기 위해 할 수 있는 작은 것부터 하나씩 준비를 해야겠다. 언제가 될지 모르겠지만 금강산 구경을 하러 가는 날 통일이 된 그 날, 서로의 말뜻을 알아듣지 못하고 소통하지 못해 '콩가루'와 같은 존재가 되면 얼마나 큰 슬픔일까.

'그냥 바라만 봐서는 안 되는 거였어. 눈길을 주고 다가가야 했어.' 그들도 누군가에게는 너처럼 묵묵히 대가 없는 사랑을 베풀기만 했던 아버지이고, 어머니였겠지!

마음을 움직이는 것들
책 도둑
물소리
파도가 전해주는 카푸치노
가로수길을 지나며
가을을 노래하다
산수유가 들려주는 이야기

마음을 움직이는 것들

도서관에서 흘러나오는 피아노의 선율이 마음을 차분하게 한다. 건반을 오가는 연주자의 손놀림을 상상하며 리듬을 타는 발걸음은 가볍기만 하다. 솜털처럼 포근하고 부드러운 잔잔한 물결이 일렁이는 호수가 가슴을 채운 듯 평온하다. 음악은 사람의 기분을 이끌어 가며 감정을 조절하는 묘약이라는 생각을 한다.

음표와 쉼표들이 오선지를 오간다. 그들이 채워진 마디들이 가슴속으로 밀려 들어와 때로는 감로수가 되고 때로는 거친 파도가 되어 격정을 가누지 못하고 포효하기도 한다. 음악은 모국어가 아니어도 서로 이해하고 감정을 표현할 수 있는 신의 선물이 아닐까. 얼마 전 우리 가락을 노래하고 연주하는 공연에서 느꼈던 감흥이 아직도 온몸을 감싸고 있다. 처음 대면한 철현금의 팅겨 나가는 듯 뜯어지는 소리가 거칠면서도 감칠맛 나게 다가왔다. 소리꾼의 청아한 고음이 울려 퍼질 때는 온몸에 진동이 느껴졌다. 아마도 겨우내 잠자던 산천초목들이 맑고 고운 소리에 화들짝 놀라 기지개를 켜지는 않았을까. 봉긋이 올라온 꽃망울들도 서로 앞 다퉈 방긋방긋 웃음을 터뜨리며 봄을 노래하는 것만 같다.

이어서 구성지게 뽑아내는 다른 소리꾼의 굵직한 목소리는 투박한 질그릇 속에 담긴 냉이 된장국처럼 구수하게 들려왔다. 귓속에 전해지는 맛깔난 가락은, 그리움이란 단어가 되어 향수를 불러일으켰다. 어느 악기도 흉내 낼 수 없는 천상의 소리를 내는 악기를 꼽으라면 난 단연코 사람의 목소리라고 말하고 싶다. 다양한 음역과 음의 굴절은 어느 악기로도 표현할 수 없는 섬세함이 있다. 강약에 따라 전혀 색다른 맛으로 사람의 마음을 움직이는 힘이 있는 소리야말로 사람의 목소리가 아닐까. 서로 다른 소리가 어우러져 만들어내는 하모니는 애간장을 녹이기도 한다.

따스한 봄볕을 따라 걷다 보니, 길가에는 노란 산수유와 흰 매화가 겨우내 지친 내 마음을 위로하듯 곱게도 피어있다. 꽃집 앞에는 알록달록 진열된 앙증맞은 봄꽃들이 눈인사를 건넨다. 삶의 풍파에 거칠어진 손도 억척스러운 마음도 환한 꽃 앞에서는 마냥 부드러워진다. 어느새 봄 나비가 되어 꽃들과 이야기를 나누고 있다. 상황에 따라 변하는 내 마음을 바라보며 곰곰이 생각해본다. 백번 건네는 말보다 더 큰 위로는 경청이라고 말했던 자살예방센터에서 봉사하시는 분의 이야기도 곱씹어본다. 전화를 타고 건네 오는 "죽고 싶다"라는 말은, 누군가가 자신에게 귀 기울여주고 관심을 두기를 바라는 마음이 그만큼 큼을 의미한다고 그분은 말했다. 삶의 용기를 잃은 사람에게 귀 기울여주고 건네주는 진심 어린 마음의 말이 전화선을 타고 희망이라는 단어를 선물한다고도 했다. 만물이 생동하는 봄이다. 생명이라는 단어와 함께, 나는 어떤 사람으로 살아갈까를 다시 한 번 고민한다.

피아노 선율과 철현금 연주, 열창하는 소리에 내 마음은 움직였다. 길가에 핀 꽃들과 꽃집 앞에 놓인 꽃들을 보고도 내 마음은 움직였다. 자기 일에 열정을 갖고 봉사하는 사람에게서도 내 마음은 움직였다. 마음을 움직이는 것들에게는 어떤 공통점이 있을까. 삶에 대한 진솔함이 아닐까? 사람의 마음을 움직이는 곡을 만들고 연주하고 노래하는 음악가의 땀과 꾸밈없는 표현, 생명에 대한 존귀함을 갖는 참된 마음이 내 마음을 움직였으리라.

나도 그런 사람이 되고 싶다. 사람의 마음을 위로하고 용기를 줄 수 있는 솔직하고 담백한 글을 쓰고 싶다. 기꺼이 친구가 되어줄 수 있는 글을 쓰고 싶다. 때로는 더없이 상냥하고 강건한 글을 쓰고 싶다. 자신이 하는 일에 열정을 갖게 할 수 있는 글을 쓰고 싶다. 사람의 마음을 움직일 수 있는 글을 쓰고 싶다.

책 도둑

매미가 쩌렁쩌렁 울던 이맘때면 짓궂은 친구들이 서리해 온 참외와 수박을 개울에 풍덩 담가놓고 멱 감고 놀던 추억이 떠오른다. 이웃 간에 밥을 나눠 먹고 서로 부족함을 채워주던 정이 많던 시절이었다. 종이도 귀해서 신문지는 아주 요긴하게 쓰였다. 생선 가게에서도 푸줏간에서도 고기를 신문지에 둘둘 말아 손님 손에 건네주곤 했다. 신문지는 벽지로도 쓰였고 화장실에서도 요긴한 존재였다. 그만큼 어려운 생활이었으니 책은 더없이 값진 귀한 소장품이었다. 친구들과 책을 돌려가며 읽었고, 시험 기간이면 전과가 있는 친구 집에 모여 둘러앉아 같이 공부도 했었다. 어쩌다 책을 잃어버리기라도 하면, 어른들은 "책 도둑은 도둑이 아녀, 얼마나 읽고 싶으면 갖고 갔을까"라고 말씀하셨다.

그런 소리를 듣고 자라서인지, 지금도 책 도둑에게는 아량이 생기곤 한다. 살짝 집어간 책에서 감명을 받고 더 나은 사람이 되기를 바라는 마음이 크다. 연일 폭염이 내리쬐는 요즈음, 오늘도 여느 날과 다름없이 아침부터 햇볕이 따갑다. 더위를 이겨내는 방법 중 으뜸은 독서 삼매경이 아닐까? 도서관에 사람들이 하나, 둘 모여든다. 엄마, 아빠 손을 잡고 뒤뚱뒤뚱 걸어오는 어린아이의 얼굴이 해맑다. 아동 열람실엔 아이들의 신발이 빼곡하다. 책을 읽어주는 자원봉사자의 모습도 보인다. 아장아장 걷는 아이들에게 그림책을 읽어주는 모습은 천사의 모습이다. 로비 테이블에는 삼삼오오 둘러앉은 젊은이들이 책을 펴놓고 이야기꽃을 피우고 있다. 이어폰을 꽂고 홀로 앉아 책을 읽는 사람들도 눈에 뜨인다. 어린아이에서 노인까지 붐비는 도서관엔 생명력이 넘친다.

점심을 먹고 나니, 사람들 속에서 책을 읽는 여유를 누리고 싶은 생각이 들었다. 카페처럼 새롭게 단장한 아늑한 공간인 로비로 향했다. 책장을 몇 장 넘기지도 못했는데 식곤증이 밀려온다. 사람들이 빠르게 바삐 움직이는 발걸음 소리가 유난히 크게 들려온다. 서가에 가득하게 꽂혀 있던 책들이 모두 사라졌다. 아동 열람실에서 배를 쭉 깔고 누워 책을 읽던 아이도, 그림책을 읽어주던 천사의 모습도 보이질 않는다. 로비를 두리번거려도 대화를 나누던 젊은이들의 모습도 찾아볼 수 없다. 그 많던 책들이 어디로 갔을까? 텅 빈 서가를 바라보며, 도대

체 누가 다 훔쳐 간 건가? 놀라움과 걱정에 한숨만 나왔다. '책 도둑은 도둑이 아니라고 했지만 낭패다. 이를 어쩌나, 어떻게 빈 서가를 채우지?' 하며 발만 동동 굴렀다. 또다시 사람들의 발소리가 크게 들려오며, "옆에 앉아도 될까요?"라고 묻는 소리에 눈을 번쩍 떴다. "후~" 그새 단꿈을 꾸었다. 오후가 되니, 점심을 먹고 도서관을 찾아오는 사람들의 발길이 끊이질 않는다. 이글거리는 태양이 내뿜는 열기에 사람들의 얼굴은 발갛게 익고 흘리는 굵은 땀은 비 오듯 한다. 무더위에 심신이 피곤하고 짜증도 날 듯도 하련만 독서 삼매경에 빠진 사람들은 더위를 잊은 듯 편안하고 여유롭다. 독서가 주는 즐거움에 푹 빠진 듯하다. 책 속의 주인공이 되어 시원한 바닷물에 풍덩! 수영하고 있을 수도 있을 테고, 매서운 추위와 사투를 벌이는 남극 탐험을 하고 있을 수도 있겠지. 도깨비방망이를 두드리며 신나는 동화 속 여행도 즐기는 사람들의 표정을 보고 있으니, 마지막 책장을 넘길 때마다 느꼈던 뭉클함과 뿌듯함이 생생하게 다가온다.

'책 속에 답이 있다'라는 말이 있다. 올여름 휴가에는 책과 함께 더위도 이겨내고 인생의 깊이를 다시 한 번 생각하는 기회가 되었으면 좋겠다. 백이전을 1억 1만 3천 번을 읽은 조선 시대 독서광 백곡栢谷 김득신처럼은 못 할지라도 손에 스마트

폰이 아닌 책 한 권 쥐고 살면 좋겠다. 입맛을 돋우는 밥도둑도 좋지만, 마음의 양식을 키우는 책을 좋아하는 사람을 많이 만나기를 소망해 본다.

물소리

산길을 걷는다. 한참을 걷다 보니 두 다리가 뻐근해 온다. 바위에 털버덕 앉아 뭉친 두 다리를 주무른다. 얼마나 시간이 지났을까? 숲길이 적막하다. 시끌벅적 사람들의 수다가 그리울 정도로 너무도 스산하다. 바람에 흩날리며 합창하는 나뭇잎 소리가 묘한 기운을 뿜어낸다. 어디선가 멧돼지라도 나올 것만 같아 길을 서두른다.

골짜기를 따라 올라가다 보니 폭포수 떨어지는 소리가 들려온다. 시원하다 못해 쌩쌩, 찬 기운에 몸을 움츠린다. 바위를 세차게 때리며 퍼져나가는 물보라가 장관이다. 바위는 시원할까? 아니면 고통스러울까? 쉼 없이 쏟아지는 물의 압력을 이겨내려고 이를 악물고 버티고 있는 듯 느껴진다. 여기저기 크고 작은 구멍도 생기고, 깎여 떨어져 나간 모서리는 칼날처럼 날카롭다. 장작을 패도 될 성싶다. 물보라가 얼굴로 튕겨온다. 무지개를 그리며 날아든 물보라를 보석인 양, 손을 펴 잡아본다. 금

세 손바닥을 적시며 사라지고 만다. 바위를 깎는 힘찬 폭포수라도 땅에 떨어져 시간이 흐르면 그 기세도 약해지는구나. 골짜기를 따라 흘러 내려가는 동안 수많은 돌멩이를 만나, 그 돌 틈들을 수없이 돌고 돌아 흐르겠지. 그러면서 동글동글 졸졸졸 흐르는 정겨움도 아가의 솜털처럼 한없이 보드랍고 감칠맛 나는 감로수도 만들었겠지.

누군가는 힘찬 폭포수 소리에 속이 다 시원했겠지만, 또 다른 누군가는 그 칼날에 베일까 노심초사일 수도 있겠구나! 같은 물이라도 흘러내리는 위치와 상황에 따라, 주변 환경에 큰 영향을 끼치는 자연의 순리와 이치를 배운다. 살며시 눈을 감아본다. 토사와 함께 거침없이 포효하는 붉은빛 물살, 홍수洪水, 도시를 삼켜버릴 듯 벌름거리는 무서운 해일海溢. 봄 햇살 아래, 얼음 속에서 조용히 흐르는 개울 소리, 많은 광경이 머리를 스쳐 지나간다.

어찌 물만 그렇다고 할 수 있을까? 몇 해 전만 해도 아침에 눈을 뜨자마자 "빨리빨리"를 외치며 거친 쇳소리를 마구마구 내뱉던 기억이 생생하다. 아이들이 조금이라도 지체를 해서 학교에 늦게 되면, 송곳 같은 말들로 아이들의 가슴을 콕콕 찔렀다. 그뿐이랴. 남편과 의견이 충돌하면 거친 숨소리를 몰아냈다. 평소에는 올라가지도 못하는 음역을 넘나들며 가슴에 상처를 남기는 말을 서슴지 않았다. 심장을 후벼 파듯, 날 선 칼날을 마구 휘두른 다음이라야 직성이 풀린 적도 있었다. 그 후엔 영락없이 살얼음판을 걷듯 냉전의 시기가 펼쳐진다. 집안은 시베리아 찬 공기가 몰려와 입도 얼어붙고, 두 손은 꽁꽁 얼어 터질 듯 무감각해졌다. 느닷없이 휘몰아친 강한 비바람에 휩쓸려 황폐해진 논과 밭의 농작물처럼, 가족들은 삶의 여유도 즐거움도 느끼지 못하고 축 처졌다. 목소리가 주는 위력이 얼마나 큰가! 수많은 감정을 불러일으킨다. 내 목소리에 기분을 상했던 얼굴들을 떠올리니 낯이 뜨거워진다. 조금이라도 소리가 크면 잠자는 아이가 놀랄세라, 소곤소곤 속삭이던 때도 있었건만.

당차고 힘차게 말해야 할 때가 있다. 그건 나보다 약자에게 말할 때가 아닌, 의견을 분명하고 정확하게 주장해야 할 때. 그 목소리는 다른 이들에게 아픔을 주고 상처를 주는 소리가 아닌, 진정성이 있는 목소리여야 한다. 그런 목소리가 커져 세상에 메아리가 돼 울려 퍼질 때. 조화롭고 아름다운 화음으로 나를, 우리를 행복하게 하지 않을까? 때로는 속삭이듯 고요히 흐르는 봄 햇살 속의 개울 소리처럼, 때로는 한여름 시원한 물줄기로 사람들의 갈증을 풀어주는 청량제와 같은 예술의전당 옆 폭포수처럼 말이다.

말없이 흘러내리는 폭포수의 웅장함, 물보라가 만들어내는 물방울들의 유희, 그들이 함께 어우러져 들려주는 소리가 이채롭다. 그 안에서 지나온 삶 속에 묻어있는 내 목소리를 듣는다. 자연이 들려주는 물소리에 세상을 살아가는 이치를 깨닫는다.

파도가 전해주는 카푸치노

이른 아침 파도가 부르는 소리에 눈을 떴다. 넓은 창문으로 내다보니 건물 바로 앞까지 파도가 밀려와 철석이고 있다. 태풍으로 인해 바다가 범람하여 밀려들러 온 건 아닌지 화들짝 놀라 맨발로 뛰어나가 보았다. 어제보다는 바람이 조금 세게 몰아치고 있다. 넘실넘실 출렁이는 파도의 음폭도 더 높고 넓게 퍼지고 있다.

어제 오후, 바다는 고운 모래 해변이 넓고도 넓었다. 짙푸른 녹색 바다에 비친 햇살이 은빛 물결로 일렁이는 모습을 바라보며 곱디고운 모래밭을 걷는 동안 엉클어진 맘조차 평온해졌다. 때로는 거칠게 몰아치고 때로는 부드럽게 다가오는 파도는 바다가 들려주는 이야기 같다. 오늘 아침 바다는 "지금 내 마음은 이래. 가만히 있고 싶어도 바람이 날 가만두질 않네. 내 맘속에는 많은 고민과 갈등이 있어. 내 안에서 노니는 고기들과 꽃들이 언제나처럼 평온하게 지낼 수 있게 보호해줘야 해. 그러기 위해서 어제 네가 노닐던 해변을 오늘 아침은 내게 양보해줘야 해"라고 속삭이고 있는 듯하다.

아침 바다는 연신 모래 위에 거품을 품어내고 있다. 가만히 앉아 이야기를 듣고 있는 내게 부드러운 카푸치노 한 잔을 건네주고 있는 것처럼…. 거기다 상큼한 바람 한 점과 잔잔한 파도 소리도 들려주고 있다. 밀고 당김이라는 자연의 섭리를 거슬리지 않고 있는 내게 대가를 지불하기라도 하는 것처럼….

만일, 넓은 해변의 모래사장을 내가 독차지하려고 파도가 넘나들지 못하도록 둑을 쌓는다면 무슨 일이 일어날까를 생각해본다. 파도는 자유로이 유영하고 싶은 자신을 억압한다고 생각하며 내게 불만을 표현하겠지. 둑을 허물고 해변을 거닐 수 있는 행복도 내게서 빼앗아 가버리지 않을까. 드넓은 망망 바다를 보며 겉으로 보이는 것만을 바라보던 내게 오늘은 다른 의미로 다가오고 있다. 시간이 얼마나 지났을까. 파도가 내게 귓속말을 한다. "내 얘길 들어줘서 고마워. 이제 친구가 해변에서 내가 선물한 조개도 줍고 놀 수 있게 잠시 물러나 있을게"라고. 어제 오후처럼 고운 모래 해변이 펼쳐졌다. 양동이를 들고 조개를 캐고 물놀이를 즐기려는 사람들이 하나둘 모여든다. 지붕 위에 앉아 있던 갈매기도 무리로 내려와 노닐고 있다.

사람이 사는 세상도 바다처럼 밀고 당김의 연속이 아닐까. 내 주장을 일방적으로 밀고 들어가기만 한다면 아무런 결실도 없이 마음만 다치겠지. 다름이라는 이견의 벽은 자꾸 높아져 오를 수 없는 높은 산을 만들겠지. 벽이 없는 세상은, 서로 밀고 당김을 할 수 있게 상대가 들려주는 이야기를 경청하는 것이 무엇보다 중요하지 않을까. 상대가 하는 얘기에 무조건 담을 쌓지 말고 가만히 들여다본다면 해결의 실마리를 얻을 수 있지 않을까.

어떤 주제를 갖고 서로의 의견을 주장하며 토론을 펼치는 TV 프로그램을 가끔 시청한 적이 있다. 볼 때마다 느끼는 것은 자신의 주장을 펼치는 토론자도 훌륭하지만, 토론을 이끌어 가는 사회자의 능력이 얼마나 중요한가를 생각한다. 토론자의 서로 다른 의견을 중재하며 밀고 당기며 리드하는 모습. 결론을 내리는 것이 목적이 아닌 많은 사람의 의견을 듣고 판단은 토론을 듣는 각자의 몫으로 맡기는 사회자의 역할이 매력적이고 흥미롭다.

사람이 살아가는 세상, 적자생존보다는 서로 공생하고 상부상조하는 모습을 그려본다. 아프면 아프다고 말할 수 있는 세상이 되었으면 좋겠다. 아파도 아프다고 말하지 못하고 상처가 곪아 터질 때까지 견디다 더 큰 병으로 키우는 일은 없어야 하지 않을까. 힘들면 힘들다고 말하고, 그릇되고 옳지 않음을 옳지 않다고 말할 수 있는 세상이면 좋겠다. 누군가의 외침을, 이야기를 귀 기울여주며 서로 잘 사는 세상을 만들어 가는 것이 내가 꿈꾸는 세상이라고 바다에게 내 맘을 들려준다.

오늘 아침 파도가 전해준 카푸치노 한 잔의 부드럽고 달콤한 향이 하루 종일 입 안 가득 맴돌고 있다.

가로수길을 지나며

퇴근길에 나선다. 쌩쌩 달릴 수 있는 우회도로 대신 느림의 길을 선택했다. 아름다운 풍경을 사시사철 자랑하는 가로수길 로 진입했다. 신록의 푸르름이 몸의 피로를 날려주고 긴장된 근육을 풀어준다.

미세먼지로 차창을 꼭 닫고 다닌 지 오래이나, 오늘은 가로 수길이 주는 아늑함을 느끼고 싶은 마음에 창문을 내린다. 가 로수 길 중앙분리대 화단에는 이름 모를 꽃들과 풀들이 연신 춤을 추어댄다. 춤이라고 표현하기보단 살고자 하는 갈망으 로 흔들어대는 삶의 몸부림으로 느껴진다. 그 모습을 보고 있 으니, 천천히 가슴속에서 뜨거운 불기둥이 올라와 숨을 가쁘게 한다. '그 많은 곳을 놔두고 하필이면 차들이 수없이 오가는 이 곳에 뿌리를 내렸을까. 어느 부잣집의 잘 꾸며진 정원에 편안 하게 자리를 잡았으면 그렇게 험한 꼴은 당하진 않았을 텐데' 라는 생각으로 머리가 무거워진다. 종류도 다양한 차들이 내뿜는 뜨거운 열기와 거센 바람을 온몸으로 감싸 안고 버티고 있다. 맞은편에서 달려오는 덤프트럭이 세찬 바람과 열기를 내놓는다. 한바탕 온몸을 크게 흔들고 보란 듯이 꼿꼿이 제자리를 찾아 평정을 유지한다. 크지 않은 작은 체구로 야생마와 같은 기질의 꽃들과 풀들을 보니, 언제부터인가 생겨난 금수저 흙수저란 단어가 떠오른다.

금수저 흙수저라는 말은 태어나자마자 부모의 직업, 경제력 등으로 본인의 수저가 결정된다는 수저 계급론을 일컫는다. 청년실업, 부익부 빈익빈 등의 각종 사회 문제와 맞물리는 현실을 대변하고 있는 말이겠지. 가로수길에 놓인 꽃들과 풀, 나무들을 보니 이곳에도 같은 이론이 적용되고 있다는 생각이다. 차량 통행이 잦은 중앙분리대, 잘 가꾸어진 시민공원, 가족의 사랑을 듬뿍 받는 집 마당, 어디에 위치하고 어떤 품격의 주인을 만나는가에 따라 같은 꽃, 같은 나무라도 삶의 흔적이 다르다는 생각이다. 가로수길로 접어들어 한참을 지나 신호대기 중에 보라색 꽃과 만났다. 매연 뿜어대는 이곳 중앙분리대에서 거친 풍파와 사투하고 있으면서도 쌩긋 웃는 표정이 참으로 대견스럽다. 그 웃음이 나를 아프게 한다. 취업이라는 힘겨운 전쟁을 치르고 있는 자식 같은 젊은이들의 미소처럼 다가온다. 수저 계급을 논하며, 내 편은 없는 듯한 세상을 탓하며, 쉽게 꿈을 포기하지 않는다면. '언젠가는 너처럼 예쁜 꽃도 피고 씨앗도 영글게 할 텐데'라고 속삭여 본다.

살아가는 환경에 의하여 생존의 방식은 달라질 수 있다. 그렇다고 삶에 대한 꿈과 애착마저도 다를까. 며칠 전 '금수저 흙수저를 대표하는 농림계의 거목 두 분'이라는 기사를 읽었다. 한 분은 금수저 중의 금수저인 대그룹 회장이었고, 또 한 분은 농업 방송에 일생을 바친, 평생 비정규직이었던 작가에 관한 내용이었다. 두 분의 공통점은 해방둥이였고 자연을 사랑했다는 것이다. "사람은 빈손으로 왔다가 빈손으로 돌아간다.", "사람은 죽으면 이름을 남기고 범은 죽으면 가죽을 남긴다."라는 의미를 생각하게 하는 글이었다. 환경을 탓하며, 지금은 어떻고 내일은 어떻고. 이런저런 이유를 들어 게을리 살아가고 있는 나 자신을 반성하는 글이었다.

더 넓은 세상을 향해 살아갈 내 아들과 딸이. 태어난 환경을 탓하며 살아가기보다는 세상의 모진 고통과 힘겨움 속에서도 꿋꿋하게 살아나갔으면 좋겠다. 중앙분리대에 피어난 꽃들과 풀처럼 자신들의 삶에 대한 철학과 의지로 꿋꿋하게 말이다. "세상사 모든 일은 마음먹기에 달려 있다"라는 말의 의미를 곰곰 생각해 보며, 자신을 스스로 강인하게 만들어가길 기대해 본다. 그렇다고 너무 조급해하지 말고 조금은 느릴지라도 튼실한 열매를 맺을 수 있는 삶의 여유를 찾으면서 말이다.

가을을 노래하다

　따스한 햇살이 살결을 만지듯 감미롭게 퍼지는 목소리가 가슴을 어루만진다. 조금은 서늘한 공기가 맴돌던 소공원은 이불 솜처럼 포근하다. 잠자리채 들고 뛰어놀던 아이의 볼도 가을 단풍처럼 물들어 간다. 손뼉을 치며 즐기는 사람들의 모습을 바라보니, 가을바람에 흔들리는 코스모스로 피어난 듯 방긋방긋 살랑이고 있다. 청주시립합창단의 '소확행' 콘서트가 만들어내는 두꺼비 생태 공원의 풍경이다.

　엄마 손을 꼭 잡고 앉아있는 어린아이부터, 그 옛날 부르던 노래에 장단을 맞추는 머리 희끗희끗한 노부부의 모습까지 함께 호흡하며 즐기는 공간에서 바라보는 풍경이 넉넉하기만 하다. 여름 내내 푸르렀던 나뭇잎이 물들어 가듯이 사람들의 얼굴엔 화색이 돈다. 여기저기서 하나둘씩 음악에 취해가고 있다. 살며시 눈을 감고 가을을 음미하는 사람들의 모습은 마냥 행복해 보인다. 아름답게 울려 퍼지는 소리에 나뭇잎도 음률을

탄다. 자연과 사람이 행복해하는 이 공간이 천국이 아닐까.

공연장을 일부러 찾아가지 않아도, 집 주변의 공원을 거닐다가 만나는 작은 음악회가 주는 감동도 무엇과 비교할 수 없다. 비싸고 맛 좋은 음식으로 융숭한 대접을 받을 때보다도 더 큰 행복감이 밀려온다. 막힌 공간이 아닌, 확 트인 공간에서 느끼는 해방감이 더 진한 전율을 느끼게 하는 걸까. 아니면 클래식 공연장에 들어설 때처럼 예의를 갖추지 않아도 되는 편안한 옷차림이 주는 여유로움일까. 마음껏 자연스럽게 흥을 발산하는 모습이 보기 좋다. 자연 속에서 느끼는 리듬에 몸을 맡기니 머리를 복잡하게만 했던 일들도 사라진다. 어떻게 사는 것이 행복한 걸까. 삶이란 것이 짜인 계획표대로 순탄하게 이어져 나간다면 얼마나 좋을까. 세상일이 말처럼 쉬운 일도 아니라는 것을 알 만큼은 알 만한 나이가 되어보니 삶의 굴곡진 높낮이가 더 흥미진진하고 보이지 않는 길을 계속 가고 싶은 호기심도 더 커진다.

드넓은 탄탄대로의 앞이 훤히 보이는 탁 트인 길을 걸어가다 보면 지루하고 금방 지칠 수 있으니, 꼬불꼬불 꼬부랑길도 걷고 울퉁불퉁 올라갔다 내려갔다 보이지 않는 험난한 길을 걸어보는 것도 삶의 묘미가 아닐까. 오선지에 그려지는 음이 한 음으로만 연결된다면 어떤 맛으로 전해질까. 음들이 오선지에서 음계를 넘나들며 하모니를 이룰 때 다양한 맛과 감동을 주는 것이리라.

맑고 깨끗한 파란 가을 하늘이 너무도 좋은 것은 그렇지 못했던 하늘이 있었기 때문이겠지. 언제나 상 반대적인 그 무엇이 존재하니 더 큰 감동과 행복감을 느끼며 살고 있다는 생각을 해본다. 지금 내가 느끼고 있는 슬픔, 고통을 슬기롭게 이겨 낸다면 기쁨도 행복도 찾아오겠지. 어쩌면 살아오면서 눈에 확 뜨이는 커다란 행복만을 찾으려 했던 건 아닐까. 가랑비에 젖 듯이 소소하게 찾아오는 행복은 느끼지 못하고 살아왔다는 생각이다. 가을 하늘에 떠 있는 뭉게구름을 바라보며 흔들리는 나뭇잎에 내 몸도 흔들어 보며, 길가에 피어있는 들국화와 코스모스를 보고 소꿉친구도 떠올려 보며, 소소하게 느껴지는 작은 행복으로 웃어 본다. 작지만 확실한 행복을 전해주는 '소확행' 음악회에서 지친 몸과 마음을 달래며 평안함을 찾는다.

시간의 흐름 속에 가을이라는 계절이 지나고 겨울, 봄, 여름이 찾아오겠지. 이 또한 얼마나 선택받은 땅인가를 잊고 살아왔다. 지금 내가 처해 있는 상황도 시간의 물결 속에 함께 흘러가며 과거, 현재, 미래가 되겠지. 지나간 과거는 아름다운 추억으로 기억되고 살아 있는 이 순간은 뜨거운 가슴으로 숨 쉬고. 다가오는 미래는 설렘으로 맞이하길 소망해본다.

합창단의 아름다운 목소리가 가을바람을 타고 울려 퍼진다. 내 맘속 깊은 속까지 가을이 노래한다.

산수유가 들려주는 이야기

　추위에 움츠린 몸을 일으켜 세운다. 기지개를 쭉쭉 켜며 창밖을 내다본다. 새빨갛게 농익은 산수유가 흩날린 눈발에 살포시 덮여 있다. 햇살에 녹은 눈은 빨간 산수유 열매에 대롱대롱 매달려 있다. 그들이 만들어내는 환상적인 아름다움을 무엇으로 표현해야 할까? 탱글탱글한 붉은 산수유 열매와 수정처럼 맑게 빛나는 물방울이 요염하기까지 하다.

　산수유에게 관심이 없는 무심한 나였건만. 어쩌면 저토록 아름다운 모습을 보여주고 있는 걸까? 아니면, 이제 작별을 고할 때가 다가오는 데도 자신을 탐하지 않은 서러움으로 붉은 피를 토해내는 건 아닐까? 일 년이라는 시간을 함께 바라보며 살아왔건만, 단 한 번도 다가가지 못한 나였다. 그런 나를 짝사랑이라도 해온 건 아닐는지. 서로를 갈라놓은 유리창을 사이에 두고, 얼마나 오랜 시간을 따스한 손길을 그리워했을까! 더는 애끓는 자신을 견디지 못하고, 한파를 핑계 삼아 저토록 매혹적인 모습으로 유혹하고 있는 걸까?

　계절이 바뀔 때마다 보내온 갖가지 선물들을 떠올려 본다. 대지를 물들인 여린 연둣빛에 마음을 빼앗기기도 전에, 노란 꽃망울을 터뜨리며 다가왔었다. 아, 예쁘다! "꽃 대궐이 여기로구나"라고 착각하게 하듯 소담스러운 꽃송이들. 일상적인 사무事務에 한참 동안 정신을 빼앗겨 지치고 메마른 가슴에 단비를 내려 주듯 나른한 봄날을 가슴 설레게 했다. 주변의 나비와 벌들을 불러와 환상적인 곡예와 노래도 들려주던 너였지. 시간의 흐름에 따라 나를 위해 분장한 너의 모습, 언제부터 나와 기다리고 있었을까? 싱싱한 파란 잎으로, 충혈된 눈의 피로도 풀어줬지. 무더운 열대야의 긴긴밤에도 하나둘 붉게 영근 열매는 생명의 신비로움을, 자연의 위대함을 알게 해 줬지. 시계추에 몸을 맡기고 일상 속에 살아가는 내게 보여준 너의 또 다른 모습, 잎들은 다 벗어던지고, 그 잎 속에 숨어 있던 열매들이 고혹적인 자세로 내 앞에 '짠'하고 나타났지. 터질 듯이 탱탱한 새빨간 육질의 곱디고운 부드러운 살결, 네게 다가가 한 번 만져보고 싶은 마음이 생기기도 했었지. 그래도 창문 너머 있는 네게 다가가지 못했으니 나는 얼마나 매정했던가!

　이런 표현하지 못하는 내 마음이 어찌 산수유 너에게 만이었겠니? 매서운 찬바람이 살갗을 거칠게 파고들 때면 늘 보이는 모습들이 있었단다. 차가운 방바닥에 하얀 입김이 피어나는 단칸방에서 온몸을 움츠린 모습, 세상은 변하고 모두가 풍요로움 속에 넉넉히 살아가는 시대라지만. 여전히 따스한 손길이 필요한 사람들이 있지. 그런 모습을 보아도 남의 일인 양 넘겨버린 나의 무정함을 너를 바라보며 뉘우친다. '그냥 바라만 봐서는 안 되는 거였어. 눈길을 주고 다가가야 했어.' 그들도 누군가에게는 너처럼 묵묵히 대가 없는 사랑을 베풀기만 했던 아버지이고, 어머니였겠지! 다른 사람들이 올려놓은 사랑의 온도탑에 '아직은 정이 있는 살만한 세상이네'라고 자위自慰하던 나를 채찍질도 한다. 구세군 자선냄비를 찾아가고, 사랑의 열매도 손에 넣던 나의 옛 모습을 소환해야겠다. 이제 문을 열고 네게 다가가 손도 내밀어야겠다. 추위를 이겨내지 못하고 시름시름 말라 다 떨어진 후, 후회하지는 말아야지. 받기만 하고 바라만 보던, 생각만 하던 소극적인 나를 벗어던져야겠다. 마음속에 품고만 있으면 뭐하랴. 표현해야지.

하루하루 함께 생활하며 나의 변화무쌍한 민낯을 바라보고 있는 가족과 직장 동료들에게 마음의 문을 열고 다가가 그들의 소리에 귀 기울여야겠다. 한 공간에서 호흡하는 그들을 바라만 보는 게 아니라 따스한 손길로 마음을 어루만져 주리라.

답은 먼 곳에 있는 게 아니라고, 인생을 알아가는 삶의 깨달음은 늘 가까이에 있다고, 선각자들이 들려주는 목소리가 빨간 산수유 열매에 달린 물방울에 동글동글 맺혀 들려오는 듯하다.

장부 달고 밥 먹는 아이들

초판인쇄 2020년 12월 15일
초판발행 2020년 12월 30일

지은이 김경숙
펴낸이 노용제
펴낸곳 정은출판
주 소 서울특별시 중구 창경궁로 1길 29(3F)
전 화 02-2272-9280
팩 스 02-2277-1350
이메일 rossjw@hanmail.net
ISBN 978-89-5824-423-3 (03810)

값 13,000원

* 이 책은 충청북도, 충북문화재단의 후원을 받아 제작되었습니다.